孽債府

WE MET FOR OUR SINS

轉生者
由此路進

點子出版
IDEA PUBLICATION

作者序

借用書中一句，人生是修羅級般的難混。我一直深信自己在前生是作了很大的孽，此生才落到人間道受苦。

世間煩擾紛亂，生而為人，情感太多，所以總是覺得難受。一天晚上，和朋友把酒訴苦時我無意吐出一句：「真係好想斬 X 斷晒啲七情六慾」。這個沒有感情，也沒有時間的死後世界就是這樣而來的。在陰間工作的陰差不受情感困擾，以一副勝利者的姿態傲視生者。看他們為情所困，看他們轉世輪迴。

在生活無力的瞬間，我們總會覺得被人虧欠。偏激時我甚至會覺得整個世界都欠了我，或許九十後就是這麼憤世嫉俗。第一次覺得被欠，是小時候遭最好的朋友離棄。青澀歲月裏頭，我大概問了一百遍「為甚麼那人要這樣對我？」這類的問題。後來和那個朋友老死不相往來，還是覺得不解。成長過程中遇過不少付出真心卻沒能開花結果的事，又會反問自己「為何要苦苦執著於一個人？」。然後才發現自己原來一直在這些問題中反覆輾轉，都還沒有得到答案就已經長大了。

寫下這個故事，無非想告訴自己原來這些問題都是有答案的。輪迴過後，仇人或會變成愛人，敵人又可能變成家人。在此生虧欠

我們的人，當中必定有很深的淵源和緣分。如果你也有問過這些問題，願你在這裏會找到一個可以釋懷的答案。

　　寫作能排解情感。我喜歡那種嘗試把一切寫得很輕易，才發現原來很重（要）的感覺。可是白天過得再好，夜幕仍會每天光臨，原以為已經放下的情感總會出其不意地襲來。說到最後，還是該慶幸情感太多，無處安放我才寫起故事來。

　　人間道太多苦也太多難。為免浪費就將悲愴加以調味，釀成故事，盤於紙上。

　　這是一個關於欠債的故事。

　　在說之前，必先感謝那些虧欠過我們的人。欠債還債，才是最深的一種緣。

理想很遠

活得夠深刻，

來世才有重遇的資格。

目錄

我們死後只會去一個地方。
即使眼前只有一條路，
但大多數人死後都會很迷茫。
有些事預先知道會比較好，
就比如說天堂和地獄並不存在。
生於人間道，死後只有「零和空間」。

在這個空間，
你的一切孽債將被清算，
再由來生的自己還償。

輪迴轉生的意義不在延續，而在於化解。
在生時結下孽債的人，轉世後必定再次相見。
直至債務清還，各不相欠為止。

往生導覽

人間道一片混沌，生者之間太多虧欠。
含怨而死的人來到零和空間，屢次投訴沒有地獄，
作惡的人沒得到懲處便投胎，太不公平。

有見及此，零和空間自 1431 年起成立「還債機制」，
並開設孽債府為執行部門。

還債機制常見問題：

① 甚麼是債？
若閣下生前虧欠過別人，他的怨恨牽掛餘生，即在您身上留下孽
債。那些人將成為您的「舉債人」。債務包括但不限於姻緣債、兒
女債、命債等等。不能盡錄。

② 還債機制又是甚麼？
在孽債府，閣下生前的情債將會被審計及清算。及後，我方會為您
準備獨一無二的還債方案。因果關係千絲萬縷。世上並不存在兩宗
相同的債務，自然不會有相同的還債方案。

③ 孽債可以怎樣清還？
還債分為「孽償」和「緣償」；以孽償孽，即經歷一遍舉債人承受
過的痛苦。以緣償孽，即向舉債人償還前生虧欠之物。

④ 我如何向舉債人還債？

閣下在重返人間後會與舉債人重遇。完成孽償和緣償後，債務即算清還。自此，舉債人在閣下身上根植的執念將一併消失。

⑤ 如果我拒絕還債？

孽債積存體內會侵蝕靈魂，最後令閣下喪失再世為人的資格。

⑥ 我可以對判決提出異議嗎？

債務黑白分明，判定不可能出錯。孽債府保留最初及最終決定權。不設上訴，不得覆核。

備註：還債機制屬強制執行。死者的來生必受此機制的條款約束。

相遇相知，相伴相欠。
生死有輪迴，孽緣同樣。

怨曲手中線

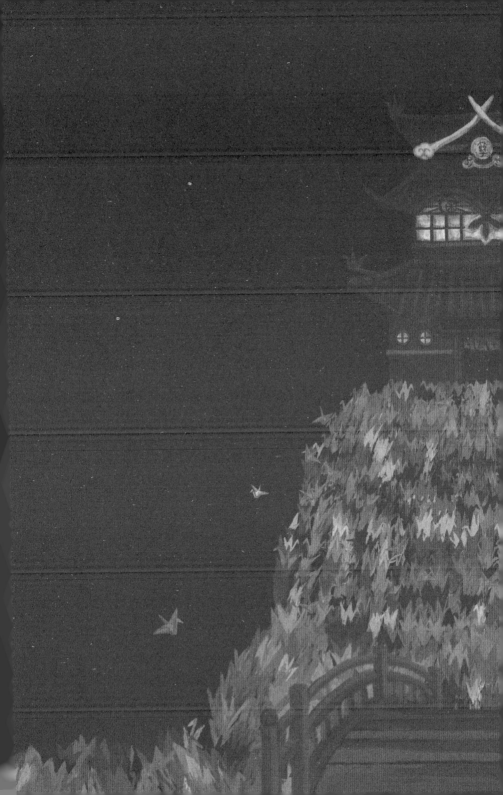

怨

　　零和空間的天空變幻無常，時而青紫，時而粉紅。以人間的概念來說，我們沒有白天。這種天色更似是黃昏或破曉，只是這裏從不曾出現朝陽的曙光。天空由萬千繁星點綴，一顆星代表一個活在人間的靈魂。

　　星光閃爍，好比脈搏跳動。

　　上空時常出現流星。不像人間，我們沒有許願這些玩意。因為星光殞落，只代表有人離世。

　　間歇出現的流星雨意味人間或發生天災，大量死者正相繼前往零和空間，提醒各個部門及早準備。零和空間的星象學家透過觀星儀密切觀察星相，推敲人間有否出現異常。

　　孽債府屹立於千紙鶴山，鄰近黃泉大道中，距離隔世橋入口只有幾分鐘路程。孽債府是零和空間其中一個最大型的部門，共有八十八名司書任職，而我就是其一。

「死者，你是否知道自己已經死去？」

　　高台下的亡魂顧氏是一個約四十歲的女人，脂粉使本來就憔悴的她看起來更萎靡不振。長髮搭在一邊肩膀，瘦削的身軀掛上一條於她而言過於寬鬆的絲緞睡裙。雖說人間眾生相，零和空間眾生死相，可是這種狀態的死者，並不常見。

　　女人想要説點甚麼，可是欲言又止，只是用力握拳，重重的鑿在高台之上。我無法理解為甚麼排個隊她也可以如此氣憤，但發洩過後看似又冷靜了不少，我便放棄了驚動保安夜遊神的念頭。

　　我在高台俯瞰，死者總是顯得很渺小。

　　高櫃台的設計參照人間的典當舖，和外面只有一扇屏風之隔。和人間最不同的，莫過於這裏的屏風都是擷取夜空紡織而成，異常珍貴。八十八扇屏風看似一樣，其實在上面散落的恆星都有所不同。獨特的星相排列，就是人類所熟知的星座。

　　很多人以為星座只有十二個，事實上光是被廣泛承認的就有八十八個之多。孽債府的司書就是以星座來命名。在別個部門工作的侍者又會有另一組命名方法，這些都被視為零和空間各個部門獨有的文化之一。

「你正身處孽債府的獵戶座，我是你的司書。」我字正詞嚴地對她説：「你欠下的債務，將由我負責處理。」

　　司書披黑袍，手執算盤，主要負責化解人與人之間的孽債。

　　孽債是一種很麻煩的東西。不形於色，卻悄悄依附在生者身上。只要你在世時虧欠過某人，他的孽債便會在你身上根植，隨你

來到零和空間。

「孽」是一種會隨人轉世投胎的執念。不會被忘記，也不能被消除，只能靠償還來化解。置之不顧的話，孽債會侵蝕靈魂，影響死者的下一世。靈魂會不斷被積存的孽債碾壓、侵蝕、徹底吞噬，最後歸於零。

所以但凡欠下孽債，就只有償還這個選項。

「死者顧氏，請回答問題。」我問道：「你是否知道自己已經死去？」

「怎可能不知道。」她剛說完，屏風外又走過一個血淋淋的死者：「你看那個人脖子都快斷了，誰也知道是地府啦。」女人指著那名死者，高聲叫道。那個死者一臉窘態，只好按住頸上的傷口快步走過。

嚴格來說，這裏是零和空間不是地府。首先，我們不是位於地下；其次人間有多大，零和空間就有多大，說成是一座城府未免太屈就；第三……算了，人間對這裏有太多誤解，隻言片語實在無法詮釋所有謬誤。

「最後，」我放下手頭上的工作：「你有債務需要申報嗎？」

顧氏先是一頓：「我沒借過錢。」

「這裏核算的是情債。」我不禁長嗟。金錢瓜葛這些身外物，過身後就別提了。

在生時如果曾經愧對過某人，他很有可能已經在你身上留下孽債。

留下孽債的人不一定是情人。亦可以是家人、朋友或同儕。孽債泛指你令某人留下心結，事隔多年後想起你這人，仍有餘悸。

被虧欠的人，我們一般統稱為「舉債人」。

如果你只欠一人，而且孽債不深，還債亦相對容易。在來世簡單至一個舉手之勞，即可償清。相反那些欠下深重孽債或負債累累的死者，在來世便要花上較長時間面對舉債人，以更重要的事物來償還。

我說較長時間的意思，是指一生。

「這種事，我又怎會有可能知道？」她答話的語氣很是彆扭。

事實上，人生在世必然會有欠債或舉債。他們只是抱著各自的原因，不願或不敢親口承認。

「拒絕申報的話，我只好直接查閱閣下的批文。」申報的原意是減省時間，也好讓司書輕鬆一點。可是大部分的死者都不承認自己有欠債，我們只好循正常程序，審閱他們的債務狀況。

　　她皺起兩彎柳眉，反問：「批文？」

「麻煩你，摘下一根頭髮。」我漠視她的發問，將一個銀盤放在高台邊緣，示意讓她放上髮絲。我雖身在上方，仍能把她罵我麻煩的話聽得一清二楚。這種不懂世故的人，在人間或零和空間都應該是生存不了。

　　她萬般不情願地拔下一根髮絲，踮起腳尖給我遞回銀盤。我小心翼翼地將之拈起，漆黑而鬈曲。我朝髮絲輕輕吐息，我喜歡看青絲毫不費勁就飄拂。

　　高台後方是屬於司書的個人空間。話雖如此，這裏的配置都是工作所需。所謂休息間，都不過是工作間的延伸。

　　在工作台伸手可及的位置，一個黑色信箱依附在牆。信箱只有一本書般大，亮黑油漆上寫有一行梵文。梵文看起來像符咒，金黃色的筆跡更添幾分神秘。我沒考究過這句梵文的解釋，反正它不以我所認識的文字來寫，就是不打算讓我輕易知道的意思。打破這種心思太不識趣。

　　我將死者的髮絲投進信箱。靜待幾秒就聽到鐵箱子傳來微弱的聲響。開啟郵箱下方的蓋面，取出一張小紙條。幼長的紙卷呈棕色，材質粗糙。這張就是批文。

　　我將紙卷攤開壓平，摸上去還是暖的。亞洲人的頭髮大多是深棕色至接近黑色，刻有梵文的信箱能分解頭髮。棕色部分成了紙張，死者顧氏熨過髮，所以紙質較為粗糙。上面的兩行細字，則是萃取黑色素列印而成。

　　批文，故名思義是批示的文書。它是制訂償還方案的重要文件。內容很短，簡單羅列死者積存身上的孽債。

「死者顧氏曉怡：欠錢大軍一債」

　　逝世之人大多有債在身。既然每人都有債，我更不明白為何他們來到零和空間也不肯乾脆承認。

　　她一生只欠了一個人。這種案例倒算簡單，我只需安排她在來世與錢大軍相遇，再制訂償還的方法就可以了。

　　「據批文顯示，你在世時欠下一個叫錢大軍的人。」儘管系統出錯的可能性近乎零，規矩上我還得再三向她覆核：「這項債務是否正確？」

「活了這麼久，我就只欠了他一個人？」她把批文揉成一團，好不容易平靜下來的語氣又變得焦燥：「難道也沒其他人欠我嗎？」說話時眉頭緊皺，額上的軌紋頃刻浮現。

「你，享年多少？」

「四十一。」答話後她才頓覺被冒犯，不屑的反問我：「怎麼了？」

「那在這四十一年間，有沒有遇過一個人或一件事，你肯定多過四十年也不會淡忘？」

　　她沒回話，抬頭報我一個不明的眼神。她質疑批文的可信性，想必覺得眼前的人也在質疑她。面對固執的死者，我的耐性很快就會耗盡：「舉債人因你生前的行為而感到痛苦，繼而產生孽債。」

　　我把批文重新攤開，指著上面的名字：「這項債務，或這個人，都不容你忽視。」

　　死者的想法並不在處理孽債的考慮之列，也就是說我毫不在意她怎樣想。既然批文說她沒有舉債，即是沒人欠過她。這刻在她心頭翻滾的那個人或事，只要多給她幾十年陽壽便會忘得一乾二淨。

　　會隨著時間被慢慢淡忘或釋懷的，都算不上孽債。

　　我再問死者：「錢大軍是你的誰人？」剛才在批文上見到他的名字，她一點詫異都沒有。

　　她早就料到，自己的確欠了這個人。

　　「我的丈夫。」她的暴躁又瞬間消失，換來一副沉鬱。

　　「啊，是夫婦？」我搔搔頭，不明所以：「情侶吵鬧屢見不鮮，但談到婚姻本是合二姓之好，兩者平等相伴餘生，好端端他又怎會心存這麼深的孽債？」

　　既然她不驚訝，答案還是本人最清楚。說到這裏，我擺出了一個香爐。香爐是青銅製的，不大不小，捧在手心大小剛好。爐身和信箱一樣刻有滿滿的梵文，當中的凹凸坑窪藏了不少灰垢，我也懶得清理。

　　零和空間有一種生物叫流螢。牠們在後山聚居，只有指甲般小，翅膀是透明的，輕擦就能生火。

　　我將一根祭祀用的線香插在香爐上，再從襟袋取出一隻流螢來點燃。線香很快就焚燒起來，我把香爐放到高台邊緣，示意顧氏用雙手拿好。

　　在零和空間，線香又名吐真針。於死者面前焚香，他們吸入

濃霧後便會知無不言，言無不盡。

批文資料有限，我們僅能知道死者是否有孽債在身。如有，舉債人又是誰人。除此之外，我們一無所知。孽債有深淺之分，償還的具體方法要根據欠債情況才能制訂。香爐能顯示死者生前的片段。得知她在這生欠下錢大軍甚麼，方知道在來世她要還他甚麼。

每根線香約有三十公分長，從點起到燒完大概等同人間的五分鐘。

她倔強的性格使我略為卻步，我以試探的語氣問道：「一生和他說過那麼多話，你能回想當中最深刻的一句嗎？」

她沉靜的點頭。跟這名死者相處不久，我感覺眼前的人就像一枚硬幣。有兩面之分，一面是極端暴躁，一面是極端悲傷。和她說話像拋硬幣，永遠猜不透最後哪一邊會朝上。我暗自慶幸在這個關頭翻到了沉鬱的一面，不必面對動輒就暴怒的那個她。

她拿著香爐，視線很自然被一支獨秀的線香吸引。可能是因為煙霧的香氣，亦有可能純粹是因為她已經死了。

人類在世時，眼睛接收的資訊除了會傳送到腦部，還會自動備份為錄像。而這個錄像備份就會上傳到零和空間的一個部門，記憶備份館。原理就像人間的雲端科技。只不過，零和空間所處的地

方比雲層還要遠。

　　線香能連接至備份館。當死者講述往事，她腦海的影像就會和備份館的錄像同步。錄像會透過濃煙投射出來。煙霧越燒越濃，司書就能從中見到死者生前的經歷。聽她的憶述，代入她的視角，把結下孽債的過程親歷一遍。

　　看起來好像很繁複。這也是沒辦法。死者必須弄清楚此生的債務，才能前往轉世。

　　在世時庸擾紛亂，尚能苟且蒙混。恩緣孽債，就留待在零和空間核算清楚。

曲

　　煙霧氣若柔絲的冉冉上升。看她再這樣磨蹭，恐怕香要燒完
她也未能說出一句話。她愁眉不展，過去的事總會使人難受。她放
下平日那張嫌棄臉，原來倒不是那般討厭。我知道人類有很複雜的
想法和情感。可是她時而興奮，時而落寞。這種情緒變更也未免太
快太多。

　　她看著香灰驀然跌下，又成了爐的一部分。嘴唇終於遲疑地
顫動起來。

　　一生人那麼長，如果要你想出和他說過最深刻的一句話，以
重溫你們不能復返的過去。這種猶豫，情有可原。

「你喜歡嗎？」

　　她剛說出這句話，煙霧立刻濃烈起來。我隱約看見一個女人
在鏡前梳理，看似準備赴會。

　　我不停眨眼，此舉等同瀏覽網絡的更新鍵。直至朦朧的影像
逐漸浮現，鏡中的女人正是顧氏。這就表示已經成功連接至她的備
份。她在自述生前的事，再加上第一身視角重現當時的場景。初期
入職時不習慣，一不留神就會誤以為我正是死者本人。

「你喜歡嗎？」

　　回想起來也難以相信，説這話的時候我認識錢大軍還不夠十分鐘。我想，世間上最不浪漫的相識莫過於此。

　　從小我就被身邊的人説脾氣差，動輒就挑剔投訴。明明還是個小孩就已經麻煩得像個討厭的成年人。這話一直説到我真的成為了成年人。

　　嘛，三歲定八十大概就是這個意思吧。儘管我並沒有活到八十歲。

　　在單身第三十個年頭，家人開始替我著急。半推半就之下，我開始上婚姻介紹所。好聽點就是配對約會，説白了就是相親。我倆初見，就是在那家土氣的餐廳。這也可能是我的問題。很多時候，連我也無法按捺自己想要暢所欲言的情緒。那天驟眼一看，參加的男生不是老態龍鍾，就是尖嘴猴腮。我怕我再不離開，這些話就會衝口而出。

　　配對的規矩是每對男女都能對談十分鐘，鈴聲一響就得離座。適合的話，就在十分鐘內留下聯繫方式。我正想離開之際，他就來到我的面前。

「難得和我同歲，也不像其他人怪模怪樣。只是看起來窮酸了點。」

我果然按捺不住，直接就把對他的想法宣諸於口。可是，他沒有跑掉，也沒有反罵我。只是尷尬的搔搔頭，對我苦笑。

　　在換座的鈴聲響起之前，他像下定決心似的問我：「可以和我約會嗎？」

　　我不加思索就反問：「你喜歡嗎？」

　　他沒聽懂，我再多問一遍：「我的意思是，你喜歡我嗎？」

　　這話一出，旁邊的人都靜下來。大概被我嚇壞了。我不清楚戀愛或婚姻是怎樣一回事。因為我從來沒被人喜歡過，無論情人還是朋友、家人以至自己。

　　我最不擅長就是修飾自己的想法，只好直截了當地說：「喜歡我的話就不要約會了。」他先是閃過一抹失望，然後換上一臉疑惑。

　「直接結婚吧。」我繼續說。沒男生討厭的矯揉，也沒他們喜歡的矜持。

　　很久之後的一天我問過他，當時到底是不是在敷衍我。人生大事，我們不過相識十分鐘就下決定了。

他說，年輕時身邊的一夥男生總在抱怨女生很複雜，相處很煩人。但事實上唸男校的他們大多都沒談過戀愛，直至那天見到一個直率得嚇人的女生。他突然覺得，喜歡一個人可能就是如此簡單。

在相親後的第一次見面，他給我送了一朵雞蛋花。那天我的確覺得他或許比我想像中要懂浪漫。可是自此之後，他像倒帶般每天都在重演同一幕。送上同一朵雞蛋花，然後期望會看見同一個笑容。

他一直沒甚麼成就想要達成。整個花圃百花繚繞，他將青春都耗在找尋一朵又一朵的雞蛋花。他說想深一層，甚至覺得不一定要在我身邊。只要待在一個能看到我的地方就好。

我的生活全是灰雲，只有一隅藍天。世界之大，他甘願卑微得只做一隻樹蛙。明知是個深淵仍然縱身躍下，抬頭仰望至少風光明媚。

婚後的我天天賦閒在家。日落之時等他回來，給我送同一朵雞蛋花，訴說著每天如一的辦公室生活。太陽再次昇起，他的生活便會再回放一遍。初時鄰居的太太也會和我說說是非，後來她受不了我直說她家中的擺設太老套，就此連招呼都不跟我打了。

直到一天錢大軍告訴我，我在興奮時發作的直率可能是一種病。他說有一種病人會很常感到興奮，也很常感到憂慮。興奮時會

有無法控制自己的徵狀，很容易就會被惹怒，就如我一樣。

他說，去找一些可以醉心的興趣或者有助宣洩情緒。整天留在家中也沒益處。

我不理會這個是不是病，反正我就一直是這樣。除了別人疏遠我，也沒別的問題。不過說實話，我也受不了每天複製似的生活，於是便提議去上最近興起的流行曲歌唱班。

無論我說甚麼，他只會傻呼呼的答應：「好啊，學好以後唱給我聽。」說罷，他又再走上日復一日的軌跡。

不久，我就開始和一個叫袁世文的人交往。他是歌唱班導師，他接納我的直率，接納我的脾氣，也接納我的沉鬱。更重要的是，和他一起的人生不是倒帶，也不會回放。我和世文可以走完一個章節，再到另一個。哪管最後會到終章都不要緊。可是和錢大軍，我們永遠只能留在同一個段落。然後等待複製，再被貼上，濫竽充數成一部無意義的小說。

直至遇上世文，我才意識到原來還會有人喜歡我。原來這個世界，其實遠遠不只有錢大軍一人。

但每天還在倒帶的他一直懵然不知。他以為自己不變，這個世界的一切就不會變。為了掙錢給我上唱歌班，他總是加班至日夜

顛倒，連我徹夜不歸也沒注意到。他的青春以至人生，都把自己困
在雞蛋花的花圃之中。

　　現在回想，到我離開人世的一天，原來還沒為他唱過一曲。

　　到她說完這話，線香剛好燒完。迷霧散去，我的視野開始回
復正常。

「所以你明白，你所欠的債是怎樣來了？」我接過她用完的香爐，
輕輕用尺子抹平上面的香灰。香爐的周邊還有一層若隱若現的煙
霧，我連忙把它放到高台一邊。放遠點，好等自己更能抽離死者的
故事。

「世文呢？」顧氏一談及他，語氣又激動起來：「為甚麼批文上沒
有他的名字？」

「你們兩人互不相欠，在批文自然不留名字。」

「怎麼可能？」她怒氣沖沖，險些就要把香爐推倒：「你看清楚點，
我明明欠他一個名分。」

　　我沒被此舉嚇倒，淡漠的反駁她：「你不知道，袁世文也有

妻子吧。」

　　顧氏聽後不敢相信，口中念念有詞說我在胡扯。

　　我試圖再作一個大膽的假設：「你們是殉情來的，是嗎？」

　　我說這種狀態的死者並不常見，因為他們在這裏的模樣，正正就是逝世時的狀況。我們見的大多都是血流披面，或胸膛仍然插著一把刀的死者。顧氏來這的樣子，一點也不像是意外。她沒再說話，間接證實了我的猜測。

「袁世文的來生，也要給自己的妻子還債。」

　　話畢嘴唇一陣突如其來的灼熱，我才驚覺自己溜了嘴。作為司書，不應向死者透露別人的債務狀況。雖說走過孟婆的失記食堂，她一切都不會記住。

　　我輕咳一聲，喚回她的注意：「你也是時候轉世，去還自己的債了。」

手

生死殊途，他們是註定要往生的人。我們一般不建議死者在零和空間逗留得太久。在孽債府辦完該辦的事，就該儘快前往轉世。

「來生，我還會和世文再見嗎？」她死心不息地追問。

「記得我在開始時問你的問題嗎？」我不敢恭維這種痴情，只好輕嘆：「我問你，多過四十年是否肯定還會喜歡這個人。」

顧氏的情況或許是一種病，使她往往被情感過分操控。他們殉情，純粹是理智敗給感性的衝動。

「你們在這幾年間只是相濡以沫，各取所需。你說，你又怎會有欠於他？」說白點，就是你們並不深愛對方，又怎會結下深刻的孽債。

我在孽債府的年資不算久，在這裏也見過太多死者自以為有欠某人。事實是世上太多紛擾，人類才會迷失。真正被欠的人，往往容易被遺忘。無論是在世時，還是現在。

因此，人死後必有轉生。為的是要補償這些一直被遺忘忽視，卻獨自用上一生來承受痛苦的人。錢大軍作為她的孽債人，正是這樣。

「要是我根本沒和他結婚，而是和世文在一起的話，」她又像突然想起甚麼似的提問：「我是否就不會欠他？」

「你並不能這樣説，」我正納悶或許這不是她的無知。塵世的人感情太多，往往都不明白這點：「無論是誰，只要一旦選擇了一個人，你就必須要放棄很多人。」

她聽後久久沒作聲。這句説話需要時間消化，但來到零和空間才明白就有點遲。

「錢大軍感情上的重大缺失轉化成孽債，落到你身上。」在觀看備份過後，循例要向死者講述欠債由來：「這個正是你有欠於他的原因。」她在線香的投射中和我一同觀看備份，把自己的今世重溫了一遍。我們讓死者親述欠債的經過，往往會令他們陷入回憶的深淵之中。

她雙目無神的問我：「我做了這麼多錯事，來世是不是會很淒涼？」

我停下手上的工作，朝她微微一笑。

「這個世界沒有對錯，只有因果。」

我們普遍相信，這個世界不存在「罪」，只有「債」。人生在世，好運的話活個幾十年，又怎會不欠任何人。為此，零和空間諸多部門也沒一個負責審判、評價死者的好壞。

初來報到的死者抵達零和空間，在黃泉路上會走過一扇「善惡門」。善惡門是一座極具中東風情的建築。將一座尖塔分成兩邊，讓死者在中間走過。塔的一邊代表善，另一邊代表惡。

其獨特之處在於善惡兩邊是完全對等的。無論大小、高度和雕刻都一模一樣。這樣代表來到零和空間，在人間的善人和惡人都能走過這扇門，不會被拒諸門外，象徵著零和空間眾生平等的概念。

好壞的界線太曖昧不明，或者說單以好或壞去概括一個人太不公平。我們相信這個世界沒有好人，也沒有壞人，只有懷著不同目的的人。人類的陽壽有限。在活著的有限期間，他們只是單純的想要到達目的地。所以顧氏在我眼中看來也不壞。她在這生，只是太愛自己。

活了這麼久，欠下這麼多。孽債府就是一個讓人直視錯誤的地方。覺得羞愧、內疚、以至後悔，都屬正常現象。

「即使是錯也不要緊，」我淡淡然的說：「在來世償還就好了。」

在因果主導的世界，我認為這話是最有用的安慰。

「死者顧氏曉怡，你的債務已經被核算清楚。」我故意一字一頓地問，好讓死者意識到接下來這道問題的重要性。

「你是否同意，在來世向被你背叛的錢大軍還債？」

在零和空間，還債體制乃強制執行。無論你願意與否，欠債之人必須轉世還債。這樣提問，也只是門面上留給死者的一點尊重。

她先是沉默，良久才吐出一句：「我同意。」

但願在零和空間的這句「我同意」，比她在人世說的「我願意」要真誠。

核對債務無誤，並且得到死者的同意後，司書便會制訂還債的方案。安排他們的來世與該人相遇，作出相應的償還。算盤是司書的謀生工具。我們在算盤上計算，確保還債方法足以化解孽債。

所謂化解孽債的方法千變萬化，但還債基本上都離不開「緣償」和「孽償」。缺了任何一樣，債務也不算被完全化解。

休息間的盡頭勉強放下了一個酒櫃。酒櫃有五層，每層放有大小不同的酒瓶。如非必要我們也不會開啟酒櫃，因為裏面必須時刻保持準確的溫度，才能確保瓶內液體不會變質。我一邊在算盤打數，一邊依次取出十數支酒瓶。酒瓶的款式大小各異，有的像醬油樽般大，有的似香水瓶般小。我取出各種量匙，將酒液逐一倒進透明針筒。

我在做的這項工作，正是為死者調配出專屬的還債配方。

　　酒瓶盛著的液體，混合起來就能構成死者在來世的設定。看起來像人間的調酒師，工作的性質卻更近似東方傳說中的女媧氏。只記得在入職前，除了練習打算盤外，還要不停背誦這些配方。

　　簡單舉例，改變死者性別的配方是三滴檸檬汁；改變出生地只需兩茶匙在目的地釀製的酒；如果想要持有和欠債人相同的外國護照……這道配方說來也奇怪，城隍爺特別叮囑過我們不能外洩，還說要不然人間就會大亂。雖不知道所為何事，還是不說為妙。總之，在孽債府這些林林總總的設定素材，為的都是讓死者在投胎後可以和舉債人重遇，得以還債。

　　我將調配好的針筒放在銀盤之上，遞到高台邊緣：「這是你在來世的設定。」

「設定？」

　　如果沒有特別設定，來生將會在投胎時交由一個輪盤全盤隨機分配。隨機安排你在一個時代出生，一個家庭成長，再走上一條隨機的路。

「可是隨機的話，你就沒法重遇錢大軍了。」我補充說。

「你的意思是，」明明好不容易才平靜下來，我甚至不清楚是哪一個字詞激怒了她：「有孽債在身的人，都無法決定自己的來生？」

我沒好氣，懶得向無知的死者發怒：「並不是這樣的。」

我們所作的設定不多，僅僅是為了能讓死者順利還債。一般而言，孽債府所作的設定只佔人生百分之二十左右，其餘八成都由你們的自由意志驅使。路，要由自己走的才算數。

正正如此，你們才會結下新的因，待來世的自己再還果。因果輪迴，生生不息。

我輕敲放上針筒的銀盤，以示催促：「配方由我們調製，要死者本人親自注射才能生效。」顧氏拿下針筒，輕輕搖晃內裏混濁的液體，覺得很是可疑。

「有甚麼好怕的，」面對諸多挑剔的死者，我的耐性快將耗光：「你都已經死了。」

明明是為她好，怎麼還一副厭惡的嘴臉。她慢慢捲起自己的薄紗衣袖，咬咬牙，讓針鋒刺穿左臂上的皮膚，輕易刺穿才發現它比看起來還要薄。這裏不提供棉花或膠布。注射過後，傷口會立即結痂，不消一會就會脫落。

「不用擔心，」我回收她用過的針筒，留待消毒：「注射配方僅帶一點點副作用。」

顧氏一臉又氣憤又擔憂。看見死者這些複雜的情感我總會覺得很有趣。或許我只是壞心眼。其實所謂的副作用也沒甚麼大不了。反正絕大部分在人間的人都經歷過，還不是活得好端端的。

「配方注入死者體內時，會略略削弱該一邊手的活動能力。」

在投胎後，沒受過注射的一邊手便會漸漸成為慣用手。人類之所以會有左撇子、右撇子，全是在這裏造成的。當然，有些人在後天強行修改過來，那又是另一回事了。不過那些甚麼左撇子比較聰明的言論，我們聽到只會一笑置之。

和大部分人一樣，顧氏是右撇子。她慣常地用右手拿針筒，在左手進行注射。所以在來世，右撇子的人口仍佔大多數。

顧氏見狀，一臉恍然大悟。

「少擺出一副驚奇的模樣，」我故意壓低聲線，這種牢騷最好別讓死者聽見：「早就說，人間道一切都有因。」

你以為無法解釋的事，其實都有答案。只是答案不在人間道。

　　我將算盤上的珠子全部撥回原位。這個舉動叫作「清盤」。清清喉嚨，稍微提高聲量：「現批准你轉世還果，用一生向錢大軍還債，化解孽債。」

　　我打開抽屜，取出一個紅色的如意結。這件物品在零和空間非常神聖，得知人間把它當成是新年掛飾時曾經引起一陣騷動。我謹慎地拿起如意結，輕輕拉扯，確保繩結牢固後便放上銀盤，讓她取去。

　　「如意結或許不能使你萬事如意，」我對她說：「至少能保護你在零和空間一路平安。」

　　「我都死了，還可以有甚麼不平安？」

　　零和空間的世界比起人類所想遠要複雜。我放棄向她解釋，直接釋出指示：「拿著它，你就能走過隔世橋。」

　　她輕輕搵摩扭曲紅繩反覆捆紮而成的結，卻不慎露出手腕的劃痕。割得多深並不等於愛得多深。雖然我不在人間，也無法瞭解活人的複雜情感。

　　可是我相信，沒有一種感情是需要靠死亡來證明的。

　　「隔世橋，該往哪走？」

顧氏探頭出屏風之外，四處張望卻不見有橋。我們仍然身在
孽債府二樓，偶爾走過一兩個看似迷路的死者。身邊只見無數扇屏
風，拼湊起來就成一片天空。

「我來送你。」説罷我提著算盤，揚揚黑袍便步下高台。

　　因為高櫃台的關係，坐在上方的司書遠遠就能輕易見到死者，
剛才的過程中，下方的亡者一直難以見到司書的樣貌，直到完成所
有程序的這刻。設計原意是希望塑造司書的威嚴，好等死者對我們
能抱有一種敬畏的態度。誰知在這個喜怒莫名的女人面前，高櫃台
卻起不了一點效用。

　　説實話，我對死者都沒太大好感，只因他們身上總會散發著
一種奇怪的氣味，沒有一個例外，原因也不明。顧氏就在面前，我
又按捺不住要屏息快步走過，保持一定距離。

　　她沒看出我的厭惡，還説以為在零和空間工作的侍者都是蓄
著長鬍子的叔伯，想不到我原來還蠻年輕的。我沒有把這話當成是
讚美。只是冷冷的回答，我已經死去很久了。

離開孽債府的建築，我和顧氏身在千紙鶴山山峰。千紙鶴山離天空很近，海拔八千八百米，正好等同人間的珠峰。抬頭望天，宛如一伸手就能觸及夜空。可我從來沒有這樣做過，我怕星光一碰就熄滅。

每個部門的建築各有特色，孽債府的設計近似人間的中式建築。一幢樓高三層的寺廟，因為吐真針的緣故，無論何時看過去總是煙霧瀰漫。棗紅色外牆刻有雲霄狀的紋理。每層屋簷向上微翹，層疊起來很有氣派。屋簷邊緣塗有流螢的眼淚，使寺廟在不曾有過陽光的零和空間特別耀眼。牌匾位於正門門楣，由這裏的首長城隍爺親筆揮毫。曾經有死者斷章取義，以為這裏叫作「城隍廟」，還捉著我們問哪裏可以求支好籤，莫名其妙。

隔世橋的入口就在後山，沿著地下零落的灰色羽毛就能找到無憂樹。樹旁設有一個路牌，寫著「轉生者由此路進」。離遠看，入口前已經排了一條短短的人龍。三四個死者在各自的司書陪同下，拿著如意結準備轉世。

知道要輪候，顧氏不停的跺腳以示不滿。我喟然而嘆，說轉世後的一切早有定數，哪急得來。

入口由夜遊神鎮守。他們穿著黑色軍服，襟前扣著一牙彎月。不直視還可，與月亮的碎片對視會被灼傷。夜遊神入職時，太陰星君會割下月亮，頒予新就職的夜遊神作為許可證。自此他們就可以

在零和空間巡邏工作。

只是月的盈缺，好像為人間的人帶來了很多無謂的想像。甚至為這個現象取了一個奇怪的名稱，叫甚麼月蝕。

無憂樹長得不算高，樹幹剛好能掛上一個兩米高的捕夢網。捕夢網的主體是一個大圓框，寓意靈魂轉世，生生不息的運轉週期。

圓框當中的圖騰由蠶絲編織而成，當中有數不清的結。古代印加民族流行結繩記事，透過在繩上打起不同的結，以作抗衡名為忘記的天然現象。來到零和空間，轉世後繩結便多了一重意義。

在圖騰最中央的空洞，就是隔世橋的入口。死者向夜遊神出示如意結，檢查過後便放行。

「直走，就是轉生。」夜遊神公式化的指示。

她走近入口，本是相當懷疑，但每走近一步，捕夢網中央的入口就隨之放大。在這邊亦能清楚看見內裏，就是一條木橋。橋道狹長，每次僅僅夠一人走過。

轉世的人會走進圖騰中最中心的圓，是為萬物的起源。然後隨著輪迴轉世，周而復始。

她已經準備好轉生，來世我們不會再見。

最後一句話，如果光說再見太老土。我略略一想，於是對她說：「下次，要活到生命的盡頭才回來。」

「多管閒事。」她瞪我一眼，小心翼翼地走進入口。我在捕夢網外，清楚看見她在橋上的背影越來越小。

橋頭的入口是千紙鶴山，另一端就是孟婆主理的失記食堂。很久以前，他們只在橋頭提供例湯，供死者喝下忘卻前生。後來經死者權益關注組反映，孟婆便順勢拓展業務至經營食堂。在那裏工作的侍者叫孟姑娘，她們會煮糖水，也會煮粥。食堂提供多國菜式，任擇一款都帶失憶之效。

我習慣把死者都目送到橋的末端，看他們抵達三途川彼岸才離去。投胎轉世不容易。要是他們回首，見到有人在的話會比較安心。

隔世橋全長二百多米，說長不長，說短不短。剛好夠人回想一生。

不消一分鐘，她就快走到橋的盡頭。我在此端看到她的身影仍在橋上，背向著我，含蓄地擺著手。不說再見，道別還是有很多種方式的。

「往生快樂。」

在她步下隔世橋的一剎，捕夢網的入口瞬間閉合。

他們走過隔世橋後，就會到達失記食堂。我從來沒到過那邊，也不知道對面是甚麼光景。只知道孟婆是出了名的性別歧視，幾千年來只聘請女人。

司書的職責要待死者轉生後，在人間真正還清債務才算功德圓滿。把顧氏送走後的某天，黑色信箱逕自隆隆作響。

信箱剛好容納得下一個小包裹，上面蓋有**輪迴旋處**的印章。

零和空間並沒有時間，但輪迴旋處是人間和零和空間的接駁口。那裏的侍者需要看準時機讓死者投胎，是唯一一個例外。部門首長白兔先生是個舉止優雅的男子，皮膚白皙得嚇人，近看臉頰還長著極其細長的幼毛。白兔先生對於時間有一股莫名的執著，經常唧唧噥噥的說著甚麼「遲到了、遲到了」。他時常拿著古董懷錶，嚴密校正兩地的時差。惟他行蹤不定，神龍不見首尾。久而久之甚至有傳聞說他有特別癖好，平日最喜歡化身兔子，偷蹓到人間逗小女孩玩。

接到輪迴旋處寄來的包裹，我就知道是顧氏的轉世通知。轉世通知是一卷菲林底片。顧氏過橋後，我將處理好的批文放回信箱，

傳送至輪迴旋處作紀錄。

當死者已經轉世，並且順利活完一世後，輪迴旋處會寄來她在人間的片段，供負責的司書查閱。菲林底片的封面以她的批文包裹，方便參照。

司書的最後一項工作，就是透過底片以快鏡檢查死者的來生，確認他們在世的有限時間，是否已經成功向舉債人還清債務，化解孽債。

我帶著底片，來到一列屏風後的一間黑房之中。黑房有一台投影機，將底片拉開，投影機便能以快鏡放映死者在世的片段。設置好投影機，確保運作正常後，我在黑房的唯一一張電影椅上安坐下來。銀幕開始慢慢變亮，像沖曬底片般的慢慢滲出影像。

影像先是模糊一片，然後就會越來越清晰。在人間過活亦是同樣。大部分時間渾渾噩噩，到某一刻才能駭然發現自己為甚麼會存在。

終於，銀幕放映出電影中那個極具象徵性的經典圓圈。中間寫著一個「伍」字，外圈的黑線沿著圓形越跑越短。當中的數字又變成了「肆」。

「叁」

錢大軍離世後，他一樣來過孽債府，領取自己的批文，走過同一條隔世橋。

「貳」

失記食堂可以讓人忘記回憶，卻無法忘掉孽債。因此，才會有孽債府的存在。

「壹」

顧氏，在來世你有向他好好還債嗎？

「零」

❖

「你喜歡嗎？」

店員為客人拿下懸在橫樑上的一個鳥籠，親切地問。平日的雀鳥市場總是擠個水洩不通，難得今天只有一位客人。錢大軍二世只是湊巧走過這裏，怎料一眼就看上這隻鳥。

她慣常的問：「那麼，客人之前養過鳥嗎？」

錢大軍二世搖搖頭。店員細心地解說，這是葵花鳳頭鸚鵡。羽翼潔白，頭頂有黃色冠羽。他在店外駐足良久，越看就越入迷。

　　他覺得，鸚鵡頭上真像戴上了黃白色的雞蛋花。

　　他在當天就決定要把牠帶回家。他知道飼養寵物是一輩子的事，但他喜歡上牠只需一刹那。誰知，店員卻一臉為難：「牠有病，不能學人說話。」

　　飼養鸚鵡的人都是想逗牠說話。這隻鳥雖然長得好看，偏偏卻不能說話，張嘴只能發出像唱歌一樣的鶯聲鳥語。可是他不是那種鸚鵡愛好者。他喜歡的，純粹就是這隻鳥而已。知道牠有隱疾，更加下定決心要照顧牠。滄海裏撿拾的遺珠更是珍貴。

　　店員見這個中年大漢竟然會這樣細心地呵護動物，和別人的男人都不一樣。「有甚麼問題，隨時回來問我喔！」店員這樣對他說。

　　為了牠，錢大軍二世向店員請教了很多有關飼養的知識。飼鳥不容易，由食物、站台至鳥籠都很講究。因為這份細膩和溫柔，店員在心底暗想，真想他像疼愛鸚鵡一樣疼愛自己。

　　他在這生有很多值得愛的人和事。他的妻子、孩子和屬於自己的生活。也許因為在上輩子失落過，今生才格外珍視。原來，他

的世界也可以很大。

　　鸚鵡這生仍然明艷動人，美得一眼就使他愛上。可是在今生，鸚鵡能夠愛的就只有他一個。親身經歷一遍不平等的關係，此為「孽償」。

　　無論他對鸚鵡有多無微不至，牠不能像其他同類一樣説話，他也無法解讀牠的鳥語。可是他毫不在意。他覺得，聽牠唱歌也是悦耳。這是他在上世發願的。不需時刻相伴，只要在一個能看到你的地方就好。

　　儘管他是那個手持鎖匙卻鎖上鳥籠的人。

　　他在陽台一看鳥就是一整個下午，不說話也不發噱，就只看著牠在籠中不明所以的舉動，稍為不慎嘴角就滑出一縷笑意。我彷彿聽見已不存在的錢大軍一世在説：今生，不能讓你走囉。

　　鸚鵡在華麗的籠中用力拍翼。張翼的時候，牠覺得自己很大，大得這個鳥籠容不下牠。每當想到這樣，她在前生的鬱躁又發作起來。用力掙扎之際，纏在牠腳踝上的紅色繩結隨之解開，滑落。

「哎呀。」錢大軍見狀，想要打開鳥籠替牠重新繫上紅繩。

　　牠沒放過這千鈞一髮的機會，趁他不留神就奪籠而出。他被

嚇得不知所措，生怕徒手去捉會弄傷牠，只得白白目送牠飛走。

如同前世，他明明看到出軌的眉目。結果因為怕她受傷，還是沒能留住她。

可是任牠飛得再遠，牠在這生也不過是鸚鵡。天空，以至世界，都只是一個更大的籠。

咔嚓。

突然，銀幕前的投影機閃出火花，傳來微微焦味。批文上的部分文字被火花灼掉，只剩下死者本人的一個名字。看到這裏我才舒一口氣。這樣的批文意味著，積存在顧氏身上的孽債已被化解，再不會對她的靈魂造成危害。兩人就此各無拖欠。孽債就如火花一樣在漆黑中融掉。

設定來生需要考慮諸多可能性。我在算盤計算過，要是來生給她一個人的軀體，她還是會多情。為此，我不得不在針筒加入鸚鵡的羽毛碎屑。唯有在上鎖的籠中，她才能專注為他一人唱歌。

顧氏在前生為錢大軍許下過很多承諾。答應過要為他唱歌，卻成為了她出軌的基石。在結婚誓詞答應要分擔他的悲傷，卻成為

了他最大的悲傷。

在今生她換個軀殼，換個名字，換到他們再無法認出對方，但總算有一次沒失約。

錢大軍本性敦厚，她的背叛即使讓他傷心欲絕，他對她的孽債亦不算深。因為他認為婚姻的失敗，或許是自己不夠上進，或許是自己不夠有趣。又或許，因為自己不是袁世文。

他可能不太懂得愛一個人，卻很懂得去包容。我在計算時也詫異。錢大軍的包容大得原來只要她的一首歌，就能化解前生所有孽債。這種就算「緣償」。

即使她在這生仍然離他而去。一曲過後，當中再無孽債。

火花會損壞底片，所以祗能被投影一遍。顧氏的批文再無舉債人，我在上面蓋上孽債府的許可印章，連同使用過的底片一同寄往藏書閣。

藏書閣是零和空間一個專門負責收納的機關。死者還清債務後，放映完畢的菲林底片和批文將會在該處存檔。聽說那邊既不會接觸其他部門的侍者，也不會有死者來訪。每天就只管收件和收納，再不會有第三種動作。我們常常戲謔，在該處工作就等同人間的守水塘。

剛離開黑房，雙眼總是難以適應光線。一圈圈光暈交疊在影像之上，讓本來已經不怎麼真實的零和空間變得更虛幻。還好。只要算盤仍在手上，這一切就是真的。

　　算盤以木製成，有十三行幼杆，代表人類的七情六慾。七情為喜、怒、愛、欲、懼、憎、憂；六慾為見慾、聽慾、香慾、味慾、觸慾和意慾。每行幼杆象徵一種情感或慾望，當中每行又再細分成七項具體的行為。整個算盤合共九十一顆算珠，將每人的債項和盤托出。生者之所以會有所虧欠，全是源於情的繁重和慾的無盡。

　　清盤後的算珠整齊排列，好比在外面列隊等待轉生的死者。

線

零和空間共有四十多個部門，大至我們孽債府，小至處理動植物轉世的無國界翻譯組。所有部門全年無休，只要有人死我們便得工作。

「獵戶，今天這麼閒？」一個男人從我的屏風外探頭：「我都送三個死者轉世了，你才送了一個。」

這名司書位於天兔座。就夜空或孽債府而言，它都在獵戶座毗鄰。

他和我入職時間相約，換言之，我們是在差不多時間死去的人，或者因為這樣而特別契合。我說投契的意思，只是我不討厭他。他有個很壞的習慣，雙手一閒著就會按捺不住要把玩算盤。

「我正要去侍者福利署領龍蜒草，」他一邊說話，一邊傳來踢踢噠噠的打算珠聲：「你要一起嗎？」

龍蜒草是零和空間的一種草藥。侍者每隔一段時間就得去福利署領取這種藥品，因產量稀少而異常珍貴。它是一種綠色果實，外殼粗糙而堅硬，帶有劍狀的葉子非常扎手。果肉呈紫紅色，嚼起來先甘後澀，當中夾雜酸、醇、嗆，五味雜陳。

龍蜒草能使垂死之人不死，卻不能令人復生。正好適合侍者，可以苟延殘喘地在零和空間續命。

　　人間不少故事都會提到，侍者工作滿幾千年就能轉世為人，甚至成仙。可是這裏沒有時間，我們的合約自然亦不帶期限。時間於零和空間而言，好比人間看待鬼神。信其有，不信則無。但你一旦相信，兩者都是一種無法觸及，卻無比強大的存在。

　　正想把天兔打發走，我卻脫口叫住了他。

　　「那個，」我一下子支吾以對，不知如何開口：「你有試過把死者的來世設定成動物嗎？」

　　他先是一想，勉強榨取塵封的久遠：「當時大概是把一個從事倫敦金、騙了老爺爺棺材本的經紀設定成一匹馬，在來世向夢想成為騎師的老爺爺賣命。」

　　這樣聽起來也挺合理，不過我想問的卻是另一回事：「你知道她……牠們在轉世後會再次成為人嗎？或是在無國界翻譯組那邊核債，會有特別的處理？」

　　我想起了人間所芸六道中的畜牲道，他們普遍認為人類作孽太多，來世便會遭打落畜牲道甚或餓鬼道作為懲罰。

　　「你多慮了，」天兔聳聳肩，說：「人間所說的六道並不存在，你知道的。」

隔世橋後的數個部門都是輪迴的必經之路，沒有許可基本上是不能踏足。可是作為侍者，對三途川還是有一點認知的。人間有説法指，三途川位於地獄的分界河，便以為三途就是六道中的三惡道。然而在零和空間，我們沒有善惡之分，自然也沒有六道。

　　這裏指的三途，只是凡道、冥道和獸道。凡道指的當然是本屬人間的死者；冥道是我們侍者；獸道則是流螢和千紙鶴等等活在零和空間的靈物，土氣點説就是神獸。

　　人間説，死後有三善道三惡道。從善者行上三道，惡者行下三道。然而，在我們眼中來世成為畜牲亦未必為壞事。動物的壽命大多比人類短，思想亦沒人類般複雜，在世時作孽的可能性亦相對較低。

　　我向他坦言，我把一個人好端端的變成了鸚鵡，不知道是否恰當。懷疑之際又連忙為自己開脱，我補充説可是在算盤上的確顯示，要是她來世仍然為人，是沒有辦法向錢大軍還償的。

　　「城隍爺説過的，你忘記了嗎？」他故意模仿城隍爺的口吻：「我們所做的，都是為了幫死者還償。」

　　「況且啊，你想想。」他又冷笑一聲，終於肯停止撥弄算珠，周圍一下子安靜下來：「誰説做人一定比較快樂呢。」

不那麼快樂，也許就能沒那麼悲傷。或者他說得對，要是死者可以自由選擇成為人或動物的話，也不一定會選擇再次為人。

天兔座離開屏風後，我喚來了下一名死者。生者在陽壽耗盡後，在速報司的護送下走好一段路才會抵達零和空間。速報司屬侍者的一種，他們身穿黑色西服，執勤時戴上牛馬面罩，從不向生者顯露真實臉貌。所謂速報司，亦即人們熟悉的牛頭馬面。

先前提及過，死者會以死去的模樣來到這裏。唯一不同，就是他們身上的衣服都會全部變成白色。箇中原因是從人間前往零和空間的話，必需穿過九里雲層，所以零和空間的入口又名雲門。塵世的染料不及雲朵頑固，衣物才會被漂染成白色。反之在零和空間，不同職位的侍者即使有不同衣著，顏色均以黑色為主。

我把眼前這個死者盯了好一會。白恤衫、白領帶、白皮鞋，還有襟前的白色徽章，無一不是血跡斑斑。

「死者，」我嘗試把低下頭的他喚起。不然坐在高台，我也只能看見他的髮旋：「你記得自己的名字嗎？」

男生的聲音很輕，尤其旁邊的司書金牛座嗓門特別大。即使屏風配備隔音功能，他談得興起時，聲線還是會一字不漏的傳過來。

「死者，請你抬頭。」我故意把聲線放大，就此作出一點控訴：「你

記得自己是誰嗎？」

男生緩緩抬起頭，仰起一張血紅的臉：「吳、吳家佑。」

此刻我終於明白男生低頭的原因。雖然每天都見不少死者，可是對著七孔流血的臉龐談話還是不太自在。我抽出幾張蠶絲織成的面紙，放在銀盤。

「車禍嗎？」趁他在整理的時候，我和他調侃：「還是爆炸甚麼的。」

他輕輕搖頭。蹙眉時額上湧現的橫線在說很多事，明明他還很年輕。

「無論如何，你應該知道自己已經死去吧？」

他狠狠地擦拭臉上的血漬，說：「這個、當然。」

「我是、是跳樓、來的。」他不忘補充，炫耀的語氣使他把這回事說得像一個成就似的。

後來我才知道，於他而言的確如是。

人的頭髮長度各異。可是在信箱分解出來的批文還是一樣大

小。順帶一提，禿頭的人會以眉毛代替，一樣可以轉化成批文。沒有煩惱絲，還是一樣會有煩惱。一張小紙卷就記載著一生的債務，輕飄飄得很沉重。

> 「死者吳氏家佑：
> 欠吳宏達、梁少慈一債
> 舉吳宏達、梁少慈一債」

　　這次的案例沒顧氏的輕鬆。這個小子又有欠債，又有舉債，而且所欠和被欠的都是那兩個人。

「自殺者，欠的通常都是父母。」我向他展示批文，然後問道：「是嗎？」

　　他想要開口說點甚麼，可是口吃得太厲害，只是點點頭就算。

　　我從襟袋掏出流螢，將其安放在批文之上。當批文接觸到熱力，生者的姓名會發出微光，反之死者就不會。我利用這個方法，來查詢到底他的父母是否尚在人世。兩人的名字在受熱後散發出微弱的光線；相反死者吳氏的名字仍然黯然無光。

　　孽債府的其中一道原則：還債是欠債人的責任。

　　我們規定每宗債務，都應交由欠債者的司書負責設定清還。

換言之，我只需安排他還清自己欠下的債。至於父母欠他的債務會等到二人離世，來到孽債府時交由他們的司書處理。

「既然我、我和他們互相拖欠，」他像突然想起甚麼的提問：「不能、不能抵銷嗎？」

「小子，」我向後一仰，在狹小的工作間伸了個懶腰：「你未免把做人想得太簡單了。」要是人生能像算式一樣，在對等式刪刪減減就能抵銷。那你也不用來這裏啦。

我不禁嗟嘆，活著就是白幹活。「你剛活過，比我記得更清楚吧。」說完這話，竟然有點掛念人間。

在人間的他想來；在零和空間的我偶爾也會想走。要是人生是代數式的話，他來代我，我又代成他，那多簡單。只可惜生命是一門最教人苦惱卻耐人尋味的課題。即使是和算盤形影不離的我們都無法算清。

「那麼、」他看我的眼神充滿好奇：「你、你是畢業了嗎？」由穿著校服的他來問，更是有趣。

我的笑聲帶點不屑：「我是給趕出校的。」還在學的小子聽不懂。我說，我是被人間遺棄的人。

他說自己的債務那麼複雜，這生是活得一塌糊塗吧。

我搖搖頭，說：「有欠有還，這種才算人生。」

不少死者也會問及：要是一生人既沒欠債，也沒被欠的話，來世會怎樣。

回答這道問題，每每會觸及侍者內心深處的一道瘡疤。疤痕是已經再不會感到痛楚，卻會讓你清楚記得自己曾經怎樣痛苦過。

「無緣無債之人，直通隔世橋轉世。」

換言之，司書不會為這類死者作出任何設定。沒有設定干預的人，他們大多一生平淡，沒過得比別人好，也沒比別人差。這種人即使投胎轉世多少遍，通常都會一樣無緣無債的歸來孽債府。

「然而除了轉世，」我繼續說：「這種人還有另一個選擇。」

他輕抬眼鏡，等待我的答案。我饒富意味一笑，屏風外面剛好走過一名司書，正在低頭打著算盤。我們不分晝夜，為別人的轉世而忙碌著。

零和空間的眾多侍者，都是無緣無債之人。我們在人間沒遇上深刻的人和事，亦沒有成為被任何人認為深刻的人。

債化眼雲煙

債

在整理香爐上的抹灰時，我不忘利用空檔向他解釋連接錄像備份的方法：「待會開始焚香後，我想你回想在世時說過的一句話。」

他皺著眉頭，不是很清楚要做些甚麼：「一句、話？」

「一句你向父母說過最深刻的話。」我這樣重申，把點起的香爐交到他手上。

他看著香爐的眼神很是遲疑。想要說點甚麼，最後又把嘴唇抿住。

「如果……我辦、辦不到呢？」他把香爐放回高台，焚燒的香並沒有因此而停下。也許我對死者的耐性實在有限。看見此狀，不知為何一股躁意襲來。

「不敢面對前生的人，並沒有資格轉世。」我這樣和他說，語氣堅定得好比千紙鶴山。聽後他更是呆滯，若有所思。

我催促他，說外面還有很多人在等。他嚥嚥唾液，好讓自己鎮定一點。

直至他終於鼓起勇氣去拿起香爐，就像當日花光餘生的勇氣踏出天台邊緣。

「我回來了。」

　　每次放學回家打開鐵閘，我都會說這樣的一句話。不論家裏有沒有人，我都習慣這樣說。父親經營小食攤，常常不在家。而母親總愛和鄰居在走廊一邊乘涼，一邊竊竊私語的說是道非。

　　母親拉上家中生鏽的鐵閘，聲音總是大得可以充斥我們狹小的屋子。回頭一看，門上的日曆早已被顏色筆畫得眼花繚亂。劈頭一句就問今天怎麼不上補習班。

　　我放下背包和幾個手提袋：「老師他、告假。」

　　母親自從失業後，近年的脾氣變得很差。她在門前踱步，冷冷拋下一句：「沒事幹就去攤檔幫忙吧。」

　　被炎夏沾濕的校服襯衣像另一層皮膚，緊緊包裹著疲憊的身體。涼風吹入毛孔，刺得像針一樣。我呆立原地，靜靜的回答母親：「今天、我、我想休息。」

　　母親本想出門，卻赫然停下：「休息？」

　　她說，我們就經營一個小食檔，十多年從沒一天休息。不然

也養不起你了。

「我⋯⋯」

「我還沒有說完，」她又打斷了我，我想我的口吃大概是這樣而來：「跟你說啊，休息這回事呢是奢侈品，像轎車和房子一樣，我們是不能擁有的。」

「可、可是⋯⋯」

「可是呢，待你大學畢業，出來工作以後就不一樣了。」

「啊？」

「啊，因為唸完大學能掙很多錢啊。那時候我和你父親就真的能好好休息了。」母親攤坐在殘舊的沙發上，廉價皮革的氣味使人作嘔：「你父親打算待你一畢業就結束小食攤，我也不去找工作了。」

「到你工作以後，我們就能有自己的房子，買車，或者還能去旅遊啊。」她說得眉飛色舞。聽這種語氣，我差點就以為這些事情真的會發生。

　　這、這樣啊。

「對不起。」除了這句，我在家中已經很難説出完整的一句話。

　　望向門上的日曆，一週七天的日程已經被排得滿滿。要是一星期有第八天的話恐怕母親也不會讓它落空。但聽完她的話，我才驚覺原來不僅是一星期，我的一生從降臨這個世界的第一天開始就已經被安排好。讓我作主的空間，就如自己的房間一樣，在這個家裏從來不存在。

　　日落時份，正午的汗和陽光都乾透了，只是走廊仍然悶熱得叫人窒息。

　　吸、呼。吸、呼。只要這樣做就能活下去。

　　活了十多年我偶然也會有那麼一刹覺得，呼吸也是很累人。

　　父親的小食攤就在屋邨旁邊，如母親所説的全年無休。一年四季都在經營的栗子攤，全港應該就數這一家。

「來了？」父親遠遠就能認出我：「還不快點去看是不是煤油沒了，我都忙死啦你還在慢條斯理。」

「對不起。」我低下頭，連忙加快腳步。

　　蹲在流動攤檔後，我看著鐵鍋下的熊熊烈火，燒得鍋中的栗

子吵吵鬧鬧。

　　它們一定很痛苦吧。這些奇怪的想法也會在腦海浮現。我突然覺得那些栗子好可憐，在鍋中逃不出來。一邊受大火煎熬，一邊被人多勢眾的黑砂淹沒。

　　吸、呼。吸、呼。這樣做就能活下去吧？

　　路人一個一個的走過。他們大多都會被香氣吸引過來，可是好像無一會有這種想法。他們關心的只是它好不好吃，火夠不夠熱。

「一包炒栗子。」一個路人向父親呼喊。

　　他二話不說，一把鐵鏟就盛好了滿滿的一袋。當中一顆因為太滿而溢出來，路人沒能接住，它就遺落在腳邊。慢慢冷卻。鍋內栗子有一種既定命運，在鍋外的人如是。

　　父親在家中，一大清早見我還遲遲不出門又在喋喋不休。我躲在被窩裏不願出來：「我、今天想、想休息。」

「又來了。我說過你多少次了，活著就得努力唸書然後找份好工作，不然我和你父親怎麼辦啊？要休息的話就等死了才休息。」母親在廚房大喊。

我緩慢的從黑暗爬出來，承受刺眼的陽光。從很久以前開始我就討厭見到日出，討厭每一天的開始。父親的嘮嘮叨叨好像比時針還走得快，又好像比寒風要刺痛。換上了校服襯衣，把襟前的校徽戴好。記緊要蓋在心臟上面，不偏不倚就對了。

沉甸甸的背包搭上肩膀，如果搭上肩膀的是一雙手那該多好。

母親只顧向我發牢騷，不慎把碟子摔破，兩人又開始吵鬧起來。每次吵架，她都會把家中能摔破的東西都摔破。由一隻破碟子談到母親失業，再談到父親沒出息。夾雜兩人說話的聲音，我都會有一種快要遇溺的錯覺。

明明，玻璃落地得那麼清脆。

「怎麼還在磨蹭，不用趕回學校嗎？」父親見我還未出門，又在大喊催促。

我搖搖頭，輕說：「今天不趕。」

我吃力拉上了哆嗦的鐵閘，這一切仿似就此與我無干。早上的太陽還沒完全出來，走廊就已經開始悶熱起來。聽說越高的地方越涼快，於是我走上了旁邊的階梯，越走越高。沒時間運動的我走幾步階梯也喘氣，走到那麼高，我也只是想透個氣。

吸、呼、呼。呼。

呼出最後一口氣，就能作結。

要是不能選擇怎樣活的話，就只好選擇「活」與「不活」。
唯獨這個決定，才能由自己作主。

在他踏出天台的一刻，我在第一身視角感受到離心力的強烈
拉扯。還好，我知道這只是錄像備份。我連忙站起來，俯身去捏熄
還差一點才燒完的香。視覺返回現實，我才發覺他還呆在原地，牢
牢捏住香爐不肯放手。他放下的香爐揩上了不少血漬。

「對不起。」他拉長襯衣的衣袖，想要抹掉上面的血。

「你的時辰，還遠遠未到。」我以陳述的語氣直說，不帶一點慨
嘆：「人的生死，沒你所想的簡單。」

他一臉困惑，額上的皺紋又揪在一起：「甚、甚麼意思……」

「每天也有很多人意外身亡，對吧。」我回想以往眾多死者，不
乏哭哭啼啼說不捨得人間的人：「你是否也有一刻想過，為甚麼遇
上不測的人不是自己。他們死得輕易，你卻要在天台邊緣苦苦掙

扎。」

　　被戳破了的他沒回答，我便逕自繼續要說的話：「你知道活著代表甚麼嗎？」

　　他苦笑搖頭，像一個答不上試題的考生。我不奢望他能答上便揭曉：「活著代表，你還有非得完成不可的事要辦。」

「對不起。」

　　為甚麼唯獨是道歉，你才不會口吃。

「你不怕嗎？」我這樣問他：「從那麼高跳下來。」說罷，我不期然望向天花。孽債府內部沒有花巧的裝潢，由牆壁至天花如是白茫茫一片，叫人難以猜度這裏的寬度和高度。或許在零和空間，所有空間都不是真實的。

「我、我畏高。」他的眼神閃縮，光是回想也夠驚心：「不只怕高，我、我還怕黑怕鬼怕、怕做惡夢。」

「唯獨不怕死？」我挑挑眉，覺得這個男生很是有趣。

「怕、怕啊。」他若無其事的回答：「只是、更怕生存。」

這話我聽自殺者說得太多，也不妨多聽一次。人間道的七情六慾，哪管是憂是悲都叫人回味。

「你輕生令到父母老來無依。依靠，所指的不僅是物質上的依賴，更多的是心靈上的依靠。」死亡並不是一了百了，轉世亦不是一個新的起點。每次輪迴，都是為了要報前一生的果。

我簡略地向他解釋：「他們對你的孽債並非因為怕沒人供養，而是來自你的不辭而別。」

他順從地點頭，再次擺出那副對任何人都唯命是從的模樣。

他把頭沉沉的低下：「我還以為他們只會生氣，不會悲傷。」

「發怒的人，只是不懂得表達悲傷的人。」我補充說：「他們所承受的悲傷，或許不比你少。誰知道呢。」

我雖對死者沒大好感，但我知道他是可憐的。可是作為他的司書，我只能處理他的欠債。至於舉債，按例應等到二人來到孽債府，交由他們的司書定奪。有時我會覺得，死後有孽債府真好。這裏能讓生前過得痛苦的人，在轉世後討回應得的。

「死者吳氏家佑，你的債務已經被核算清楚。」聽見我這樣說，他不期然緊張起來：「你是否同意，在來世向父母償還輕生一債？」

「同、同意。」他雖然點頭，但想必覺得十分委屈。

　　明明鼓起餘生的勇氣，為的只是想脫離父母。怎料來世還是要和他們結上羈絆，我希望他不會覺得自己被擺了一道。可幸的是，零和空間的債務審計比起人間的法律制度都要公平。你所欠的要還清，同時，別人所欠你的亦會向你償還。

　　我再次在酒櫃和算盤之間奔波，將調配好的來世設定斟進針筒，讓他輸進體內。我能看出，他還怕打針。可是從人間的天台，隻身來到零和空間的屏風，他已經比很多人要勇敢。

「現批准你轉世還果，用一生向兩人還債。」算珠被一下子退回原位，我不忘提醒：「同時，向他們討回所欠你的。」

「我……在來世，要如何還債？」他不安地問。

　　我在銀盤放上如意結：「你的來世，我已經準備好了。」說罷，我指著空空如也的針筒，還有已經不再顫抖的手臂。他的視線也落在針筒上，點頭說：「原來，打針也不是那麼可怕。」

　　或許有一天，你也會對生活說出這句話。

「來吧，」我從高台走下來：「我送你去隔世橋。」

經過天兔座時，湊巧聽見他在吃力地向死者解釋「孽債」到底是怎樣一回事。天兔的脾氣比較好，換著是我倒不會這麼有耐心。

「你們人間好像不太知道有孽債、欠債這些概念？」我邊走邊問，難免抱怨死者的遲鈍：「來到這裏，都好像丟失了腦袋一樣。」

「孽債，」他抬抬眼鏡，認真思索：「我們，會叫心結吧。」

　　他對如意結的紐結很是感興趣，一路上不停把玩。

「所謂心結，就是這個模樣嗎。」邊走邊看，他卒然有感而發：「很難相信我們人類的心臟，就像這條紅繩揪成一團。」他補充說，難怪會這麼痛。

「嗯，」我隨口附和：「這樣的心臟，真想挖出來看看。」

　　這個器官到底要多強悍，才能承受活著的各種痛苦而繼續跳動。

　　來到無憂樹前，他的雙手還緊緊捉住如意結。

「我現在、現在就要轉世嗎？」越近隔世橋入口，他就越是發慌。

　　我指著告示牌，叫他別著急。過完橋，還得等一會才能投胎。

「還、還要等嗎？」

看到他這副模樣，真想問他是不是趕著去投胎。我不想再揶揄他，只是解釋：「轉生可不是你一個人的事。」

很多人以為，轉世是前生的延續。其實相反。轉世是為了斬斷前生種下的根。孽債府的存在，就是為了提醒死者要還果。有怨有債，有欠有還，一次轉世當中牽涉的又豈止本人。

他來到了捕夢網的入口。輪候死者眾多，旁邊的夜遊神正催促他快點進去。

「真、真的要進、去嗎？」他還在隊首蹭蹭磨磨。

從入口處看，隔世橋不見盡頭，看似很長。我用堅定的眼神望著他，淡淡道出一句不要怕。

隔世橋再長，也不過一生。

化

「我怕、來世一樣、一樣，」如意結被他捏得幾近變形，還遲遲不肯上橋：「一樣難過。」

　　我們一天送上萬個死者上隔世橋。當中必定也有害怕投胎的人。通常就是吳氏這種，厭世厭得自殺的人。叫他再活一遍，就等同叫他再死一遍。

　　他的懦弱總是令我感到懊惱。我知道他怕高怕黑怕死，最怕生存，但無論如何我都得把他送上隔世橋，除了因為他身上仍有孽債，必須要在靈魂被侵蝕前清還，還有更重要的原因。吳氏他必定要轉世。

　　他的來生，也有非完成不可的事要辦。

「我給你的來世一個提示。你要牢牢記住，走完隔世橋，那群女人哄你喝湯時也要給我記住。」我按住他顫慄的肩膀，再不管手上沾了他多少血漬：「當你被困，眼前那堵是牆還是門，全憑你肯不肯去打開。」

　　説完這句，我便一把將他推上橋。隔世橋屬人間耳熟能詳的景點，但他們大多都不知道隔世橋只能前行。人在橋上，不能回頭，也不能折返。我能看出他心裏很想走回來，這種對前方感到恐懼的死者，我更要目送他到橋的另一端。

隔世橋不能往回走的秘密在於輕飄飄的千紙鶴羽毛。

千紙鶴山，故名思義由和紙折出的千紙鶴堆砌而成。千紙鶴源自東洋，他們相信折出一千隻紙鶴就能願望成真。在親人病重的時候，許下早日康復的願望。這些紙鶴承載著希望，會隨著不敵病魔的死者來到零和空間。

只要我們輕輕一吹，千紙鶴就能由折紙，變成活生生的靈物。在地上指引死者去隔世橋入口的羽毛，還有裝飾捕夢網的羽毛，都是出自千紙鶴身上。牠們在零和空間，負責護送沒有記憶的死者投胎。

鶴在人間不能向後飛行，在零和空間的千紙鶴亦只可前進，而不能後退。羽毛散落在隔世橋上，使得踏上橋的死者也僅能往前走，不得留戀逝去的一生。

花了良久，吳氏終於也把橋走完了。還好這裏是零和空間，永遠不會有人在趕時間。他在盡頭停下，雙肩瑟縮，卻不忘向我深深的鞠躬。

「你在來生，會變得十分勇敢的。」説罷，我把手上的血漬隨意揩在衣衫上：「往生快樂。」

還好我們穿黑色，不礙眼。入口關上，再為下一位死者打開

的時候，他的身影已經消失得無影無蹤。

　　過了好一段日子，我才接到吳氏的轉世通知，原因是他在過橋後沒能立即投胎。失記食堂後就是**浪花客棧**。失去記憶的死者會在客棧落腳，等到適當的時候才被叫去投胎。

　　我們的設定奠定了死者的來世。但以吳氏為例，他除了欠債外還有舉債。舉債的死者會被送到浪花客棧，欠債的人來到零和空間，由他們的司書安排還債後，欠債人和舉債人雙方才能投胎轉世，報上生的果。浪花客棧的存在亦緩衝了死者在來生的年齡問題。要是欠債人太早投胎，舉債人來到人間的時候他可能已經一頭白髮，一個不小心又回到零和空間。

　　所以呢，早死也不代表能早投胎。曾經有死者問過我，能不能加點錢好讓他早點投胎。首先，人的來世必須根據設定，提早或延遲投胎都是不可能的。其次，你們的冥錢早就上繳中央財政部，給我們發薪水。萬般帶不走，唯有孽隨身。鈔票來到零和空間變成溪錢，還不一樣是身外物。

　　吳氏的來世會是怎樣，我沒有一個確實的概念。他除了還債，亦要向父母討債。換言之，其他司書所作的設定，亦會直接影響吳氏的來世。我要知道他的來世過得怎樣，只能在黑房尋求答案。

　　銀幕的數字由「伍」開始，越跳越快。我們所作的一切都是

為了讓死者化解身上的孽債。今生會有這樣的債，全因他們在上生種過這樣的孽。但願死者都能諒解。化怨還債，從來都不是輕鬆的一回事。

　　如隔世橋一樣，償還的痛苦再長亦不過一生。要是你們學會看算盤、理解孽的計算，便會知道在人間受的苦難，都必有因。

　　要是你們肯相信這是設定，更無謂執著。

「零」

「我回來了。」

　　對講機傳來的聲線沙啞，勉強還能認出這是三隊隊長的聲音。不同的隊伍完成搜救並返回大本營時，都會透過對講機報平安。

「二隊隊長呢？」

「請求通話。」

「二隊隊長你回來了嗎？」

「————」

對講機只剩下刺耳的嗡嗡聲，吳氏二世想要回應才發現訊號已經中斷。大概是走進了盲點。這是最後一層了，再搜索一遍就回去吧。他心裏這樣盤算著。說不定這裏還有生還者。

砰砰、砰砰。

他使勁地拍打木門：「喂！有人在嗎？」

另一面隨即傳來微弱的敲門聲。被地震壓得變形的木門難以開啟，他只好用身體的重量奮力一撞。屋內的男人神情呆滯，大概是被突如其來的地震嚇壞了。

「我是來進行拯救的志願者，現在就救你出去。」他一邊說，一邊指著自己所戴的臂章。同時慶幸自己沒聽從救災中心的指示，近乎任性地堅持再搜索一遍這幢塌樓。

男人做出一連串手語，他無法看懂。四周一片頹垣敗瓦。吳氏二世判斷這裏還不安全，只好拉著男人的手要他跟自己走。誰知男人甩開了他的手，指向屋內。一個女人跌坐地上，用手語指著被瓦礫壓住的輪椅。

這對啞巴男女大概是兄妹或姊弟。因為無法高聲求救，所以

在第一輪搜救時沒被發現到。最可憐的是，救災中心不願在貧民區花上太多時間，草草搜索一遍就收隊。要不是他和朋友聽見消息，響應網上的呼籲來當志願者，他們可能就不會得救。

　　吳氏二世不加思索，把女人扛在背上。本來的裝備已經不輕，加上一個人的重量更是吃力。這種重量在他心頭冒起一個奇怪的想法，他覺得自己好像一個背著孩子的母親。這個女人年紀也不太大，將來或許也會成為某人的母親。想到這裏，他救人的自覺更是強烈。

　　走不到幾步，四周又開始猛烈地震動起來。頭上的天花越來越近，把他們壓逼得透不過氣來。他著自己深呼吸，卻嗅到了燃煤的氣味。

　　他在防災訓練學過，無時無刻必須保持冷靜，仔細回想可行的逃生方法。肆虐的火舌一步步迫近，很快四方八面都成了火牆，他甚至記不起他們是怎樣走到這個死胡同的。走投無路，又能如何逃生。

　　他看著二人無助又焦慮的神情。雖然無法說話，但眼神在說他們的生命此刻就交付予他。他突然覺得自己無法肩負這種期待。他想要逃。不僅是這個困境，他想要逃出別人過分的希望。

　　這個空間的氧氣開始耗盡，昏厥感襲來。他開始聽不見牆壁

碎裂的聲音，只覺得旁邊越來越熱。這裏或許不是火場，可能只是夏天悶熱侷促的走廊，可能只是一個炒栗子的熱鍋。

在近乎空白的意識中，腦海浮現出一句說話。

因為這句話，他用盡渾身的力氣去撞開眼前的火牆。氧氣殆盡，他的意識如是。

到底最後那堵是牆還是門，他不得而知，世人也不得而知。餘震造成燃煤洩漏，釀成火災。一對啞巴兄妹被困時遭活活燒死，狀甚痛苦。同時，一名志願者亦告殉職。可幸的是，他是在昏迷狀態中死去，不用承受火燒的痛楚。

吳氏二世以自己的生命去拯救素未謀面的人。為彰顯這種可貴的精神，政府決定以最高榮譽儀式為這位志願者隊長進行殮葬。其他志願者在葬禮上悲慟不已，問那一片紊亂的沙土怎麼回來得那麼遲。事蹟被廣泛流傳，他的名字從此亦成為勇敢的象徵詞。

他常常掛著一條紅色頸繩，說是孤兒院院長給他的守護符。當天大火燒過了他的保護衣，連紅繩以至他的骸骨也給燒掉。高溫分解了棉繩的纖維，上面的繩結亦被化解，化成同一潭灰。

———— ✦ ————

咔嚓。

火光溢出，他們三人的債亦在大火之中還清。剛才投影機綻放的小火花，頓時也變得很可怕。

前世今生，一切都是有原因的。投胎時人會走過一個輪盤，沒被設定的背景就會在該處隨機分發。可是抽中「啞巴」、「遇上天災」和「被火燒死」的機率都很低，三樣同時遇上的可能性就更低了。要不是隨機抽中以致的命運，那就代表是設定。

司書會作出這樣的設定，即吳氏對父母的執念深得要他們落得這種下場。

為此我決定掛牌，往備份館走一趟。

眼

　　備份館離千紙鶴山頗遠，步行的話相當費時。我隨手拿起地上一隻以和紙折成的紙鶴，將它拋起，在墜落之前輕吹一口氣。它一瞬間就變成了活的千紙鶴。零和空間的代步工具不多，最常見的就數這一個。我乘上了千紙鶴，牠一展翅就把我帶往了更接近星空的海拔。衝力太強大，逆風而行使我險些坐不穩。往下一望，三層高的孽債府都變得像高台下的死者一樣渺小，彷彿只用兩指就能捏住。

　　前往備份館要先經黃泉大道走，再越過龍蜓谷就到了。龍蜓谷正是種植龍蜓草的地方，侍者福利署亦在附近，我們都會定期前來領取龍蜓草服用。離遠看深谷的外圍只見一片棕色，看似這批種子才剛發芽。龍蜓草是一種稀奇的植物，只有花蕾而沒有花瓣，千萬年來從沒開花卻只能結果。它的果實帶有藥性，服下能讓我們在零和空間足以生存，卻遠遠提不起興趣生活。

　　我指使千紙鶴飛過龍蜓谷，就到達了一個看似極其摩登的地方。備份館是一棟現代化的高樓建築，外牆清一色封上鏡面，將浩瀚的星空複製並貼上，形成一面最不費力又壯麗的壁紙。

　　備份館的首長很是神秘，幾乎沒有別個部門的人一睹過她的本尊。我們只知道她叫尼莫西妮，是希臘神話中的記憶之神。她統領著幾百名信使，負責將活人的記憶備份，並加以整理，讓司書為死者處理孽債時得以參考。所以孽債府和備份館的關係可謂相當密切，每次我們讓死者拿著香爐憶述往事，煙霧中所見的影像就是從

這裏直送。

　　話雖如此，我卻甚少來這邊。這裏的規模比起孽債府要大得多，光是在大堂穿梭的信使就已經為數不少。信使的服裝是一身全黑忍者服，腳踏鑲有鋼片的技巧鞋，走路時鏗鏗鏘鏘的。他們從頭巾到靴子都包得嚴實，看起來好不神秘。

　　聽說這種裝扮其實和他們的工作有關。處理記憶備份的工作量龐大，還得相當專注，所以他們故意將五感和外界隔絕，只剩下一雙眼睛接收資訊，讓注意力盡可能地集中。

　　我在熙來攘往的大堂中央茫然自失。孽債府會直接面對死者，屬外部機構；而像備份館這種從不接收死者的，則屬內部機構，自然也不會有接待員或詢問處。信使們手上都有一部平板電腦，即使走路雙眼也離不開屏幕。也許就是過於集中，幾乎也沒人察覺到這個熟悉的環境中多了不熟悉的陌生人。

　　「不好意思，我是從孽債府來的司書，」雖然有點無禮，但我迫不得已還是截停了其中一位信使：「覆核死者的來世時發現有點不妥，特意前來要求更多的片段。」

　　被我叫停的信使停下腳步，一雙眼睛從平板電腦的屏幕移到我的臉上。和他對上目光的一刻，我才驚覺他的左眼虹膜是一顆帶有紋理的綠色晶石，定神仔細看甚至有點晶瑩剔透。

我把他盯得太久，他故意用力眨眼喚回我的注意。信使都以黑布蒙面，光是眼神很難叫人猜透想法。他靜靜地關閉螢幕，用手勢示意我跟他走。

「小心腳步。」他冷冷拋下一句提醒。此時我才注意到備份館的大堂中央，以電線圈出了一個廣大的圓。我小心翼翼地跨過，看著電線中央不停有一點點的火光流動，遠動快得眨眼間就追失了。

　　綠眼信使回頭，見我被地上的大圓圈吸引住便說：「這是迴圈。」

　　他的嘴巴在黑布下挪動，說話略帶回音。信使說，迴圈是一種程式，讓每個活人腦裏接受到的影像都會自動上傳至這裏，再交由他們整理。迴圈看似日復日的不斷重複，卻支撐著整個備份館的運作。

　　備份館雖不接待死者，工作卻沒比我們空閒。我隨他穿過人來人往的大堂，他像忍者一樣俐落地避開沒帶眼睛走路的信使，我卻和另一名從旁而來的信使撞個正著。

　　被我撞到的信使一樣穿著忍者服，以黑布蒙面只剩下一雙眼。這人的睫毛嬌長，大概是個女生。她的左眼虹膜是一顆桃紅晶石，切割面精細得閃閃生光。我正打算幫她撿起平板電腦，卻發現內裏夾著一包枯竭的葉根。桃紅眼信使見狀，立刻以迅雷不及掩耳的速

度一把搶回去，把狼狽不堪的我留在原地。隨即就嗅到一股濃烈的氣味，有點像海的鹹味。我正懊惱備份館離三途川這麼遠，才發現氣味原來是來自我碰過那堆枯根的手。

綠眼信使把我帶到他工作的地方，驟眼看和人間的辦公室無異。他把我領到他的位置，空間不大，三面隔板卻擺放了幾十個大小不一的電腦屏幕。內裏的場景不一，有的畫面是東方人的臉，有的則是一片荒蕪的沙漠。我能猜出，這些都是屬於不同人的備份。

「一顆星代表一個活在人間的生命，這你知道吧。」雖知道他沒惡意，但這種口吻難免會令人感到不悅。

可是我有求於他，只好低聲下氣地點頭說知道。信使繼續解釋，備份館的鏡面外牆負責接收星光的訊號，即生者在人間的見聞。迴圈將它們備份，並傳送到這些大大小小的屏幕。信使的工作就是負責將每段片段分類，方便司書核債時使用。我草草一覽四周，暗暗驚歎信使竟然可以同時間處理多人的影像備份。

各個部門的侍者都有自己一套取名的方式。孽債府的司書以星座命名，備份館的信使則以礦石物質命名。他指著自己左眼的綠色虹膜說：「這顆是綠瑪瑙。信使的入職儀式是把左眼挖出來，由尼莫西妮大人為我們在虹膜鑲上寶石取締後再放回去，作為新的眼睛。」

聽起來可能會有點可怕，但這裏是零和空間，更可怕的事還多著。他說，用礦石過濾過的左眼觀看影像，能有效加速分析數據。這個正是他們能夠一心多用的秘密，方能及時處理人間那麼多生者的錄像備份。

我呈上帶來的批文，綠瑪瑙三兩下功夫就切換了眼前的所有屏幕。

「這名死者的備份我已經看過，我想查看的是這兩個欠債人。」

即使我不是吳氏父母的司書，也想知道他們在前生做了些甚麼，在他身上種下了何等深重的孽債才落得今生的下場。

綠瑪瑙指著上方的一個小屏幕說：「這個就是死者父親的視角，標注的事件為死者出生。」說罷，又指向我身後的一個屏幕介紹：「這段錄像則是死者的喪禮現場，視角來自死者母親。」

打擾了綠瑪瑙很久，備份館大堂的迴圈都不知跑了多少遍。最後我在兩人的記憶備份找到了答案。

老一輩的人總是喜歡把是非當作人情。說是道非，談得興起就喜歡向親戚鄰居數落兒子的不是。這些，都是吳氏沒有或不敢在我核債時憶起的。

可是除此之外，我還看到更多。包括那些在他離世後已經沒能看見的事。

他的死造成不少迴響。傳媒訪問親戚鄰居，不是說他怠惰，就是指他為人懦弱又孤僻。報導說他在學校成績平平，不參與課外活動，在家庭的參與度亦很低。從而帶出新一代年輕人欠缺人生目標，更缺乏抗壓能力。不少所謂教育家前來評論吳氏作為一個反面例子，令人擔憂年輕人越發不適合在社會生存。要是有機會讓他重回人間說一句話，他大概也會選擇道歉，而不為自己辯解。

償還方案除了有緣償孽償兩大原則，某些「因」亦會帶來固定的「果」。包括在前世輕生的人，來世必定要早逝。回想起來，兩人前世常常說是道非，間接令兒子自殺。這個因，亦帶來了成為啞巴的果。

吳氏對父母積下孽債，在於他當天自殺。他一躍而下就一走了之，把兩人置諸不顧。如我之前所言，痛心不在於失去物質上的依賴，而是心靈上的依靠。儘管兩人在咄咄迫人的生活下，很多時候都現實得叫人討厭。可是在吳氏誕生的一天，他還年輕，沒能把這些影像記住成為備份，但兩名欠債人初為父母的喜悅，亦是真實的。

既然他的輕生讓兩人失去對將來的希望，此生就還他們一個絕境中的希望，作為緣償。前生他視家庭為負擔，在這生的設定固

然是無父無母，此之孽償。

　　然而，我沒想過兩人欠下吳氏的孽償原來還要深得多。想必那名司書計算過，償還在社會上應有的聲響只是緣償。兩人在來世，亦要經歷吳氏上生承受過的所有痛苦。包括火燒和被瓦爍圍困，才算孽償。就如吳氏一世形容的，栗子好可憐。一邊受大火煎熬，一邊被砂土淹沒。

　　那名司書的設定加上我的設定，就為這一家人得出了這樣的來生。我本想吳氏以一命救父母兩命，誰知因為前生的作孽，使他們落得慘死的下場，最後三人同歸於盡。

　　血濃於水，親情的緣分或許真的有那麼深。

　　這就是司書的工作。城隍爺囑咐過我們，即使我們調配的設定有多堪虞，千萬，千萬不要覺得自己做壞事了。報應，都是應有此報。無論是顧氏欠下的姻緣債，還是這對夫婦欠下的兒女債。

　　來世發生的一切，都是在算盤精密計算下的「應得」。

雲

　　零和空間沒有時間，百年如一日，一天也可能已經百年。我們在入職時將七情六慾抵押給城隍爺。忘記快樂，就不會知道悲傷為何物。為此，我們不需吃喝，只需服用龍蜒草便能生存，但仍會感到疲憊。勞累不是來自軀體而是精神上，所以城隍爺批准司書能隨時在屏風掛牌暫休。

　　聽起來這種福利，比起人間的無良企業要好多了。可惜事實是，侍者不會飢餓、不會口渴，無慾無求的身體和靈魂使我們除了工作，也沒有別的想做。

　　趁我剛送走完一名死者，兩個手執算盤的人竄進了我的屏風。在眾多星座之中，獵戶座、天兔座和金牛座相連。我們偶爾會相約一起掛牌，溜到高台後面歇息。在算盤上作棋，成了我們最低廉的娛樂。

　　趁這個機會，我想說一下有關侍者的記憶。

　　侍者的記憶是因為時間久了而「淡忘」，而不是像死者一樣在失記食堂被「刪除」。兩者的分別在於，淡忘好比用橡皮膠擦掉鉛筆字，紙上還能隱約見到淡淡筆痕；刪除就像在電腦輸入文字，一按消除鍵就毫不著跡。

　　我對於自己的前生，是近似後者的一片空白。但大部分工作者，像天兔和金牛都將生前的片段忘得一乾二淨，只記得自己如何

死去。

死因是時光允許侍者保留的唯一記憶。

只是除了具體原因，已經無法憶及更多詳情。久而久之，莫說是我們的前生，就連自己在何歲死去都忘記了。於是只好憑樣貌猜測年齡。

天兔和我看起來年齡相若，在零和空間算是比較年輕的一群。蓄著劉海，一雙深邃的眼睛像是很有秘密。長得眉清目秀，大家都說他和天兔座這個名字太搭配。在零和空間很有人緣，打算盤遠遠算不上精準，玩算盤棋倒是玩得出神入化。

金牛的年紀比我們稍大。很早就入職，司書之中十二星座都是老臣子。皮膚黝黑、濃眉大眼、聲音粗獷，為人話很多，很喜歡和死者說道理。哪管他們一過橋就會忘掉。

天兔這次煞有介事地叫我和金牛掛牌，不像是想下棋那麼簡單。

「這是我託備份館的朋友給我帶來的，」天兔用手勢示意我們靠近，才繼續說：「始終是違禁品，不能太張揚。」

他從黑袍的暗袋中掏出一個透明膠袋，裏面裝有滿滿的一堆

淺棕色雜草。我認得這種東西，之前為了吳氏的個案去了一趟備份館，那位女信使丟掉的正是這物。然後，天兔又把一堆相關的小工具逐一拿出，在我的工作台上陳列。

金牛見狀，不慎又放聲大喊：「這是——！」

天兔用力搗住他的嘴巴，差點要把他按得窒息。

他們說這是回憶草，零和空間的一種違禁品。主要由死者的備份提煉而成，加上某種秘密研發的技術，聽說只要像抽煙般吸入回憶草，就能記起在人間經歷過的事。那些在很多很多輩子以前，我們已經忘掉在甚麼時候忘掉的片段。

同時亦有一種說法，指回憶草只是單純將死者生前的備份錄像帶到吸入者的腦海，讓他們誤以為這段回憶屬於自己。至於事實的真相，我們歸根究底還是無從稽考。

回憶草，也可算是零和空間的一種娛樂吧。

「話說回來，」金牛放下了自己的算盤，一邊幫忙捲煙草，一邊問天兔：「你在備份館也有朋友啊？」

天兔露出一個神氣的微笑。我們都知道，那些朋友都是他的紅顏知己。人間有地下世界，零和空間亦然。他相當熟悉那個世

界，常常出席聯誼會，女侍者都是因此結識的。

對此，我和金牛都不明所以。明明沒有一切生理需求，為何還需要女伴呢。而天兔總會像現在，叼著針筒或回憶草，愁腸百結的回答：「無慾無求，也會寂寞的。」

那我懂了。這是心理需求。

說著說著又捲好了一根回憶草。他翻找襟袋，小心翼翼地捧起一點火光。用流螢的翅膀來點燃回憶草，整個感覺像我們工作時為死者焚香。我正踟躕要不要接過之時，金牛搶先一步，大口大口的開始吞雲吐霧。

我看他的眼神開始變得混沌，失去意識的攤坐在地。

「喂，金牛。」我輕拍他的肩膀，想要把他叫醒。或雲或霧的氣體在他旁邊徘徊，宛如乘上去就能直達天國。天兔叫停了我，說別打擾他。他現在才剛墮入回憶之中，別把他拉出來。

好不容易，才能找回一點活著的感覺。

天國和地獄都不存在。唯有點上回憶草騰雲駕霧，那是最接近天國的空間。

天兔又遞來一根捲好的煙草。我向來對地下世界的一切都抱著敬而遠之的態度，所以天兔每次邀約我去他們的聚會，我總是婉拒。而且回憶草，光是聽起來就有夠危險。

「即使是別人的回憶，」他在掌上輕撫流螢，把弄翅膀上的火屑：「至少，是活著的。」

火舌吻上了回憶草的盡頭，煙紙烘出了一條焦邊。天兔說要在這刻用力吸一口氣，想像要把它帶到肺部，不能僅存於口腔。吸深一點，會深刻一點。

「……很苦。」我被自己呼出來的煙熏到了眼，喉嚨是一陣無法言喻的苦澀。

一片煙霧瀰漫之中，我看到天兔也點起了自己的煙，蹺著腿答道：「苦就對了。」

「回憶，要苦澀才夠難忘。」

煙霧從我的屏風旁溜散，很快就被外面的空氣吞噬得了無痕跡。他們二話不說，提著自己的算盤離開，安靜地拿下掛牌。誰都沒有談及過自己見到的片段。說到底，我們都怕。我們怕回憶草是真的。怕這些片段，是真正屬於我們的前生。

　　我揚聲示意下一位死者來到屏風。苦澀使我的聲音也乾澀起來，聽起來很是嘶啞。既然是娛樂，就得讓自己抽離。不然的話，只會變成沉溺。

　　這次來的死者一臉兇神惡煞，臉龐以至手腳的皮膚都很是粗糙。他粗魯地拉開屏風，一道疤痕貫穿左眼和眉梢，仿似初見就告訴別人他有故事要說。

　　「這裏是幹甚麼的？」他左顧右盼，打量著我和我身旁的一切。

　　「在我解釋之前先問一句，」太習慣死者的無知，我並沒感到被冒犯：「你記得自己的名字嗎？」

　　「龍哥。」他直瞪著我，語氣絲毫不像開玩笑。

　　雖然有點尷尬，但我還得硬著頭皮再問一遍：「你記得自己的全名嗎？」

　　聽見這話，他才如夢初醒的搖搖頭，卸下那副兇狠的眼神。

　　「我的全名，」他迷迷糊糊的答道：「龍百和。」

　　我略略把這人打量一遍，看起來並沒有明顯傷口。

「你知道自己已經死去嗎？」

「嗯，知道啊。」他平淡的回答，完全不覺得這是甚麼一回事。

　　我給他遞上托盤和剪刀，指示讓他剪下一根頭髮。粗糙的手結上多重厚繭，險些不能拿好精巧的剪刀。也許是不太習慣做這種事，他笨拙的提高雙手，我才發現他的手臂異常粗壯，結實的肩膀和二頭肌刻上一條正在雲霧間飛躍的龍。顏色不太鮮艷，卻無減蛟龍的神勇。

「我這種人粗枝大葉的，」他的語氣出奇地平靜如水：「拿剪刀刺人倒試過，剪頭髮這種事嘛，」說到這裏，他本人也禁不住噗哧的笑起來。我卻被這話噎住，趁他不察覺連忙收回托盤和剪刀。

　　他滿不好意思的搔搔後腦：「黑道嘛，有甚麼幹不出來。」好聽點就是江湖中人，說白點不過是小混混。他這樣補充。這樣一說，我頓時聯想起他左眼的疤痕。

「這個，」我在高台指向他的臉：「也是打架弄來的嗎？」

　　龍哥略略向上一瞄，自豪的說那是他為老大擋的。這一刀讓他成為老大的心腹，自此在道上混得如魚得水。

「你呢？」說到一半，龍哥突然抬抬下巴，反問我說：「這是怎樣

來的？」

　　他在高台之下，昂首指向我的臉。我下意識撥起劉海，輕撫自己的額角。

　　我的額角上也有一道疤痕。不記得是從何而來，也不知為何多年以來毫無褪色的跡象，還好我也不太在意。疤痕已經沒有紅腫，皮膚上增生的組織微微隆起。那時應該割得頗深才對，可是我卻完全沒有印象。

　　龍哥聽著沒癮，又回到自己的故事。他把當時為大哥擋刀的情況說得相當危急，那邊來一個拿刀的，這邊又有一個砸摺椅，說得繪形繪聲。可是我始終不明白。

　　「當時，真的沒有猶豫過？」我在近距離下觀察，那道刀痕似是瞄準眼球砍下去的：「不走運的話，你現在就是一個瞎子。」我沒告訴他，傷殘死者其實可以輪候另一條更快的隊。

　　「嘖，」他不屑一顧：「我還嫌他砍得不夠深。」

　　雖然年代久遠，偶爾疤痕還會發癢。他說要是真的瞎掉，那他說不定就能承繼老大的幫會了。看龍哥很能打架的樣子，而且正值壯年，也不像是老死病死。我問他是怎樣來這裏的。他無奈的嘆息，說是別個幫派把他毒死。

「當時我們和一個幫派因為生意談不攏，打了一架，傷了他們不少人。老大派我去請他們一席解穢酒，本來我和他們的老大都談妥了。有個小混混應該心中不忿，在我的杯中下毒。」

說罷，我才發現他乾瘪的嘴唇還隱隱作紫。論打架的話，龍哥應該戰無不勝。可惜有勇無謀，才會栽在這種老掉牙的圈套中。龍哥難以平息怒氣，朝高台打了一拳宣洩。

可是他說，他不恨那個小混混。換著是年輕的他也可能會這樣做。在道上，誰也在為自己的幫派做事。他砸他們的生意是為了幫派，小混混殺他也是同樣。

「那麼你為了幫派，」我咬咬牙，不確定應否這樣問：「殺過人嗎？」

他苦笑一下，朝我點頭。

煙

「那些，都是道上的人嗎？」我作出猜測。

龍哥又深深的嘆了一口氣。這次，他搖頭了。我一想到待會要為他處理欠債，頭便隱隱作痛。濫殺無辜，會是何等深的孽債。

「為甚麼呢。」我的腦袋正放空，隨口問出一道問題。事實上我知道黑道幹掉別人，其實也不需要理由。

然而，龍哥卻給出一個答案：「老大叫的。」

他說，他殺過五個人。龍哥說他十八歲就成為小混混，在道上二十多年，我不知道是否應該慶幸這個數目比我想像中要小。我將他幾經辛苦剪下的頭髮放到信箱。得出的批文如他所言，的確是欠了五個人。

「欠債必還嗎，」龍哥聽我講解我的工作後，問道：「一命償一命，是這樣算吧？」

他說得倒輕鬆。也對，當你已經死過一遍，發現零和空間並不如想像中可怕，就不會再覺得死是怎樣一回事了。我說這些只是黑道的規矩。在零和空間處理轉世可複雜多了。當然，一命可以償一命。可是先前亦提及過，還債方案可是有很多種的。

殺人者在下一輩子，不一定要以被殺來化解孽債。只是善因

得善果，惡因得惡果。這是最基本的原則。

「況且，」我實在按捺不住要揶揄他：「你在來世也只有一命吧，
怎樣去償五人的命。」

　　龍哥沒介意，反倒自嘲起來：「那就麻煩你，為我準備死五
遍了。」

　　我拿他沒轍，只好叫他拿起香爐。批文記載著五宗欠債，正
是他所殺的五人。紙上的字密密麻麻，看得有點暈眩。我輕敲算
盤，指示龍哥就由第一個人說起吧。

　　平生第一次殺人，應該很深刻。煙霧開始變得厚重，眼前影
像正是龍哥生前的視角。

《這是最後一次機會。》

　　我很清楚，這次槍口是有子彈的。只要扣下扳機，眼前的花
就會綻開。僵持之間，我還有空聯想到底這花會開得多燦爛。

　　一個老伯就跪在這裏，連哭帶喊的求我們別迫他賣舖。我警
告眼前的人，這是他的最後一次機會。這個舖位是他妻子的心血。

妻子死後，他獨守空舖二十多年。他在她臨終前答應過她會把店辦得有聲有色。因為這裏，有他們年輕時一起拼搏的回憶。

「別太在意。你只不過，是動了動指頭罷了。」

回去以後，老大循例拍拍我的肩膀，像在安慰一個丟了玩具的孩子。他故意在其他部下前略略稱讚我初次開槍的冷靜，臨走前拋下一句：「很快就會習慣了。」

從那天起我就知道，還會有下一次。反正殺一個人已經是壞人，要下地獄的。那麼，多殺一百個也沒有分別。

第二次是一個警察。那個警察一直在留意我們幫派，早就想抓老大去坐牢。他很年輕，為人很聰明，很快就收集到老大不少罪證。老大派我去滅口，以免後患無窮。

倒臥血泊的他還想掏出手機。我以為他想求救，一把搶過來。一看才知道在最後關頭，他只是按出了未婚妻的電話號碼。

第三次，其實也可笑。他只是一個湊巧目睹我們交收毒品的途人。老大說不想夜長夢多。反正我又不是沒殺過人。

第四個是一個女人。她是老大的女人，交往了幾年。老大都打算和她定下來了，這時才發現她年輕時跟老大的一個仇家交往過。

老大知道後覺得很丟臉，一怒之下就讓我殺了她。和以往的不同，這次老大特別吩咐，不能讓她死得太舒服。

最後一個，是一個小女孩。那個三歲的女孩是女人和老大的孩子，生來就有唇顎裂。老大一直不喜歡，藉此讓我一併解決掉。由於老大說，不能讓女人輕易死去，於是我當著她的面先殺了女孩。然後，才讓女人慢慢死去。

說到這裏，線香只燒了一半。我把火種強行捏熄，不想再聽下去。親歷這種其境叫人很不舒服，第一身視角令我覺得，這五個人都是我殺的。黑袍的兩旁也沾滿了手汗。龍哥遞回來的香爐，也同樣濕漉漉的。

吐真針釋出的煙縈繞不散，似是被害者的冤魂在苦苦糾纏。龍哥粗魯地打散煙絲，說以往他都不曾回想這些片段。即使在夢中碰上同一場景，他還是不能自控般的再把他們殺死一遍。他討厭夢境的誠實，更討厭醒後的真實。誰知死後原來才是償還的開始。

我說孽債府就是一個這樣的地方，而我們就是這樣迫人回想過去的一個角色：「很討厭吧？」

他搖頭，說只是有點殘酷。趁他還在往事沉思，我可以放膽

留意他的雙眼。疤痕帶有厚度，使他左眼看起來比較重。載有故事，當然比較重。要是這樣的話，我也想知道額角上藏了一個怎樣的故事。

「為甚麼，非得要殺人不可？」如果說這是問題，倒不如說是抱怨更貼切。死者不能復生，在零和空間工作的我們最清楚不過。

龍哥輕輕一笑，回答得很輕易：「在道上，老大的說話就是一切。」

身為司書，我知道不應詢問無關債務的事。我故意把疑問包裝成一句閑話：「如果當黑道就要殺人的話，不當黑道就可以了。」

我始終覺得，他不像是十惡不赦的人。我見過不少殺過人的死者，可是龍哥不像他們。我不明白他殺人後，又為甚麼要擺出一副後悔的模樣。到底，你後悔嗎？

龍哥搖搖頭，堅決地說他從不後悔。我開始害怕自己會越來越不明白生者這種生物。龍哥把頭抬高，本來就高大的他一下子就和我拉近了不少距離。

「如果不殺他們，你的母親就會死。」他這樣說：「獵戶，你會殺嗎？」

善若本無源

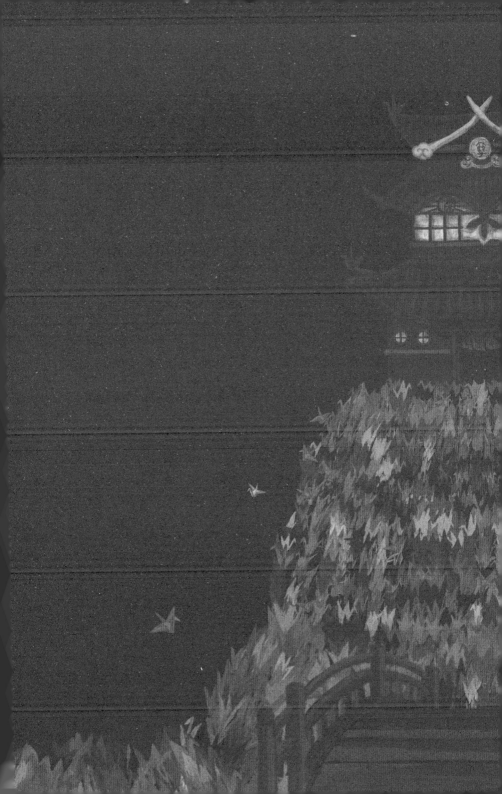

「為甚麼要當黑道。」

他只吐出一句「英雄莫問出處，落難莫問因由」。然而讓我在意的是，他指自己走上這道到底是英雄還是落難。

零和空間主張世上不分好人壞人，但在高台之下正正站了一個背負著命債的死者。我不想讓自己覺得龍哥是壞人，因為帶著主觀判斷是無法持平地設定來生的。

零和空間說，這世上只存在懷著不同目的的人。我像是在為他找藉口開脫：「像你這種人，通常都是有苦衷的。」

龍哥沒有直接回答，而是反問我：「你呢？」

我一時愣住，無法給予反應。他把問題補完：「你又為甚麼要成為幫死者化解孽債的人？」

很多死者誤會我們都是一心想要留在零和空間生活。其實不然。我們只是被人間遺棄了。

無緣無債之人放棄轉生後，需要盡快決定工作崗位，並向相關首長提出申請。那些在零和空間沒能找到職位，又已經把如意結拋進三途川的死者無法再次選擇轉生，只好在這裏四處流亡。時間久了，他們開始忘掉人間發生的一切，只能記起自己的死因。他們

沒有官職，無法服用龍蜒草，最終只會變得行屍走肉，苦苦記住死前一幕，精神被磨爛到某個地步便會漫無目的地攻擊他人。

他們被困在同一段回憶之中，無法逃出。所以我們稱之為「回憶縛靈」。

侍者可以輕易擊退回憶縛靈，所以他們只會找死者下手。我們常說如意結保平安，意思就是可以保護死者，不受回憶縛靈的襲擊。要不是得城隍爺收留，我也許就會淪落至此。所以和回憶縛靈相比，我能夠在孽債府找上一官半職，已經算不上是落難。

龍哥沒有給予任何意見，只是靜靜的聆聽。他說，他這生背負著五條人命，不像我們能夠選擇是否轉世。「我所認識的人都生活得很苦，」他輕笑：「我不敢說，我的故事是苦衷。」

他的起點和很多年輕人一樣，無心向學，在學校只學到如何打架。開始只有捱打的份，後來畢業時，他已經習慣一言不合就把別人打得倒地不起。畢業後也找過很多工作，沒有一份能做得長久。他在快餐店工作時，一個瞧不起人的老闆說過：總要有人做些低層工作，不然怎得來我們這些高層。龍哥說，他感謝那個老闆教懂他一件事。回想起來，仍然按捺不住自嘲：「就是正當錢，我沒這個能力掙。」

社會把他從正途逼走，後來卻指責他為甚麼要走上偏道。「沒

關係的，社會對我殘酷，我就變得比它更殘酷好了。」母親年邁又患病，不能工作之餘醫藥費也昂貴得不像話。為了生活，他只好走進那個能夠更快賺錢的世界。

他覺得，這個世界真實多了。

不像以前的工作，要看關係、看學歷、看老闆喜不喜歡你。在這個世界，誰的拳頭硬、誰不怕死就能得到工作。辦好工作就能收到錢。幫派裏的黃賭毒，他甚麼都碰。當時有個叔伯告誡過年輕的他，一旦在這裏賺過第一次錢，就無法回頭。

就如他殺過第一個人，從此身上就多了一條人命的債。每走一步都比以前沉重。這種人，再也不能過平凡人的生活。

我聽著聽著，還是覺得不能理解。

「為了自己的生活，」我不經意間又拿起了算盤：「摧毀了別人的生活也沒關係？」

他聳聳肩，說：「總要有人死的話，我不希望是我的母親。」

他說我不會想像到情況有多差。在他失業期間，母親生病也不能看醫生，只能吃些過期的藥品。直至她確診患癌，他才決定要走上眼前唯一一條路。這個死者的想法真的很簡單。簡單得把我說

服。

　　我重重地呼出一口氣，心頭的重量並沒有因而減輕。

　　為了逃避爭論，我故意轉身不和他對視。五名死者早已來過孽債府，但因欠債人未轉世，所以他們還在橋後的浪花客棧，等待我的設定。

　　可是我分不清楚，逼使他殺人的是誰。是他的老大、這個社會、還是他自己。我端詳算盤，想要看穿這些所謂債務數值的真正意義。最後我重新點上了香爐，撥了一通電話。

　　「死者龍氏百和，你的債務已經被核算清楚。」我直截了當地詢問：「你是否同意在來世，向被你殺害的五人還債？」

　　龍哥點頭同意，苦笑說：「我已經等上一輩子了。」

　　他說還好零和空間有這樣一個地方，讓他能在下輩子重遇那些人。有些債務，欠債人在這輩子已經無法還給舉債人。

　　我將針筒遞給龍哥，他毫不猶豫就將它刺進粗碩的手臂上。總覺得，他想用痛楚來讓自己好過一點。

　　「現在批准你轉世還果，用一生向五名受害者還債，化解他們所有

孽債。」在算盤上清盤過後，我將如意結交給他。由他拿著這般精巧的東西，實在不搭配。

我們走到了捕夢網前，平日趾高氣揚的夜遊神也被他的氣場嚇怕，草草檢查過如意結便放行。他在人間無疑是一個十惡不赦的人，可是來到零和空間，走過善惡門，他用自身來證實了人的確無分好壞。雖然他也散發著死者的難聞氣味，但我並不討厭他的真實。

因此有一件事，始終還是令我很在意。

他說過他喜歡黑道這個世界，因為比正途的社會真實得多。

「龍哥，」我在躊躇之間還是選擇坦言：「黑道世界，或許也不是像你所言般真實。」

他沒有感到冒犯，只是不帶任何惡意的一笑反問：「你混過黑道嗎？」

我搖搖頭，只好苦笑。生死殊途，而這種殊途並不同歸。我可以說的只能到這裏。我看著在雲霧中若隱若現的隔世橋。就如我能夠送他們的，也只能到這裏。

因為在設定來世的時候相當糾結，所以在調製配方之前，我

又再致電備份館給我額外上傳片段。我從龍哥老大的備份見到，他一直忌諱龍哥的野心。於是，他派人在解穢酒席下毒，剷除這個覬覦位置的人。無論白道黑道，於這個彪形大漢而言，都可能太過複雜。他早就說過，自己不喜歡那麼精巧的東西了。

「再見啦，獵戶座。」他擺擺手，不問我對面的景況，也不問我來世的安排。

他正想要邁步上橋，我才叫住了他，整個畫面頓時變得有點戲劇化：「謝謝你。」

龍哥連笑聲也很粗獷，他問我謝他甚麼。我說，因為死者很少會叫我的名字。

儘管，獵戶座充其量也只是個古人瞎編的星座。

說罷我也笑起來了，趁苦澀還未湧現便收起。龍哥乾笑幾聲，沒有回頭：「多虧你，問我的本名是甚麼。」

他說，還好在洗掉記憶前還能說一次自己的本名。在道上，沒有人會用真正的姓名。他讓別人喊他龍哥，因為第一天加入幫派，他就已經想著要成為老大。

「當大哥，有甚麼好啊。」我始終無法理解他們嚮往的這個世界。

他一直別過臉，我無法看見他的表情，只能聽見他回答：「讓我當上老大的話，道上以後就少了一個會濫殺無辜的幫派。」

他踏上了隔世橋，背影即使變小仍然不減威武，在旁邊盤旋的千紙鶴都退避三舍。強悍的身軀，最後還是沒能保護這顆單純的心靈。

「往生快樂。」

只是一個人無論長得多高大，在橋頭的背影都會變得越來越小，最後消失得像不曾存在過。就如放到黑房投影的菲林底片。一生有多長，都只是由伍數到零的光景。

由於龍哥所欠的五名受害人早已離世，所以他的轉世通知很快就來到黑色信箱。龍哥常說自己背負著五條人命，很重。可是他忘記了，他覺得重是因為背上還有讓他走上這道的苦衷。

但願我所作的設定，足以讓他化解所有孽債。在再下一個來世，生活可以輕一點，也輕鬆一點。

底片在黑房投影出象徵開始的「零」，背景就是一片吵鬧。

《這是最後一次機會。》

　　頭上的燈光很刺眼，毫不留情地打落臉上。剛才疏於防守，吃了一記重拳。左邊臉頰先是麻痺，然後一陣灼熱。

　　龍哥二世用拳套揉去澀眼的汗水，吃力地站起來向拳證點頭：「繼續。」

　　台下的旁述每句話都在提醒他，再倒下一次賽事便會中止。他粗壯的手臂上沒了蛟龍，綁上一條紅色的臂繩。拳證一聲令下，他的步法如箭在弦，急不及待上前還對方一記勾拳。氣力大，打出的每一拳都別具殺傷力，但他像前世一樣不夠靈活。對方看出他的動作就能輕易擋住，提腿朝他的小腹使勁一蹬。

　　這記攻擊沒帶來太大的疼痛，卻相當有效地阻擋他的攻勢。對方趁他還沒反應過來，對準下頜，一股作氣來一記上勾拳。龍哥二世來不及作出相應防守，擊中下頜會使人暈眩。周圍的叫囂聲突然變得很遠，頭上的鎂光燈好像想把眼球刺穿。

　　在擂台的人都帶著兩個理由。一個是站上去的理由，另一個是不能倒下的理由。

　　每次比賽過後，回家的時候已是深夜。抬頭望向夜空的繁星，他都會覺得好像擂台上的射燈。剛才挨下的重拳，靜下來時痛覺會

更厲害。

「大哥，今天也贏了嗎？」年紀最大的弟弟還在唸中學。每逢比賽都會徹夜不眠，等到他回來。

　　龍哥二世強忍小腿的痛楚，竭力不讓自己一拐一拐的踏進家門。

「當然啦，」他佯作輕鬆的說：「給你們買好吃的了。」

　　房子太小，他們說話的聲音很快就吵醒了在睡的人。龍哥在這生有五個弟妹。父母因意外離開的時候，他正煩惱將來的出路。本來搏擊只是興趣，成為家庭支柱後只好變成職業。轉世後的他還是老模樣。除了打架，也沒別的專長。

　　大型公開比賽不常有，他平日就在拳館兼職，甚至參加一些地下比賽。他不是有天賦的拳手，純粹是體格比較好。戰績不算輝煌，掙回來的獎金從來就不優厚，只能勉強養活一家人。他常常自嘲，這些都是千真萬確的血汗錢。

　　二弟是當中比較成熟的一個，他有問過：「大哥，你是真的喜歡打比賽，還是被迫要掙多點錢？」

　　龍哥二世總是笑說，到你們長大了就明白啦。事實上，是他

知道要到他們長大後才能承受這道問題的真相。

他在店舖營業之前就要回去準備，打烊後還要為比賽操練。留在家中的時間不多，每次回家他們總會滔滔不絕地分享他所錯過的家庭生活。他過的生活很簡單，只由兩個地方組成。一點是家，另一點就是擂台。

他在擂台得到甚麼，總會全數帶回家中；他每次倒下，亦會想起等他回家的五個人。

在一場地下比賽，鐘聲沒來得及在他失去意識前響起，別人以為這是漂亮的擊倒，擂台下的歡呼聲蓋過了他微弱的呼救。他滿腦子只想著，今天好像還有很多事情未做。

今天有人去接弟弟放學嗎？妹妹記得吃藥吧？今晚的晚飯，怎麼辦呢⋯⋯

最後一口氣，他想用來走回家。

失去呼吸的他倚在繩角，遠看只是一個因敗戰在沮喪的拳手。綁在臂上的紅繩悄悄鬆脫。只在他久經磨練的手臂上，留下一道不太明顯的壓痕。

咔嚓一聲，龍哥的來世就此結束。

他在前生奪去五條人命，我初初亦以為他身上的孽債會很深，直至在算盤上計算償還方案，才知道龍哥這樣短短地活個半生，為他們五人而喪命就完成了孽償和緣償。據我推測，受害人的孽債極有可能分散至龍哥的老大身上。不知會是哪位司書接手老大的債務，總而言之辛苦他了。

然而，龍哥在前生確確實實也有殺過人。在這生落得這種下場也不為過。這個來世說苦也不是很苦。我覺得，或許他也有樂在其中。

別人都覺得拳手兇殘，就如別人第一次見龍哥一樣。他當初接觸搏擊，不是追求揍人或被揍的過程，純粹是享受鐘聲一響，能夠和剛才拚過命的對手碰碰拳，大汗淋漓的來個擁抱。即使被揍也不丟臉。

即使沒有設定，但我感覺在擂台的對手，都是他在上輩子交過手的人。

以圍繩劃出的這個世界，才是真實的。

在這輩子終於也如你所願，成為名副其實的大哥了。

若

零和空間各個部門都有自己的文化。有獨特的取名方式，也有此處獨有的娛樂。在孽債府，算盤棋就是最具代表性的文化。

城隍爺嚴禁我們以工資作賭注，輸了的人只好幫贏的人作跑腿。就像今次輸給天兔，我便要幫他去侍者福利署領龍蜒草。還好他這樣提醒，要不然我也記不起原來自己也很久沒去過該處了。侍者如果太久沒服用龍蜒草，思想就會變得遲鈍，繼而難以思考。最後迎來最可怕的結果，也就是成為行屍走肉的回憶縛靈。

侍者福利署在龍蜒谷那邊山頭，離孽債府一點也不近。我往底層一瞥，在輪候的死者還是有這麼多，心底暗忖反正也掛牌了，這次就不乘千紙鶴，經黃泉大道走吧。

黃泉大道貫穿整個零和空間，最東就是輪迴旋處的所在地，道中就是千紙鶴山。道上除了有初來乍到的死者外，還有不少來往各個部門的侍者。不同崗位的侍者都有專屬的制服，就像司書都身披黑袍、手執算盤，很好辨認。眼前走過一個身穿西服、昂藏七呎的侍者，他是速報司，負責將死者從人間帶來零和空間。

他們隸屬境外迎送部，時常穿梭人間和零和空間兩地，護送陽壽已盡的死者。人間的人對這個名字可能感到陌生，更習慣稱之為牛頭馬面。他們在人間執行職務時必須戴著面罩，不是甚麼要保持神秘之類的爛原因。

因為我們侍者，只有在閉眼的時候才見到活人。

速報司去到人間如是，他們戴上密不透風的面罩，才能看到生命體。我們睜開眼，在人間只能見到死物，和烏鴉。

那是因為零和空間也有烏鴉。不，或者不該這樣説。烏鴉和流螢、千紙鶴一樣，是屬於零和空間的靈物。司書飼養流螢，速報司則飼養烏鴉。他們在人間執勤時亦會帶上烏鴉，好讓牠引領他們去找彌留的死者。所以要是在人間見到烏鴉，千萬不要胡亂餵食。要不然，速報司可能會找錯人啊？

我在黃泉大道走不了兩步，身後就傳來一聲尖叫，劃破了零和空間長期處於晚安的寧謐。不僅是我，道上的其他侍者也在張望，查找聲音的來源。可是他們很快就繼續了路程，沒再打算處理。

「你沒聽到嗎？」我攔住了道上一個正欲離去的速報司：「剛才明明有人在喊。」

「聽到，可那是從千紙鶴山傳來的，」他搔搔頭，若無其事的説：「那不是你們司書的管轄範圍嗎？」

説罷，他拍拍西服上的雲塵，揚長而去。事不關己，己不勞心。我不怪他，反正我們都是沒有情感的人。

幸虧我走得不太遠，折返也不吃力。剛上山就見靠近山腳的斜坡上有一個煙霧似的人影，籠罩著一個苦苦掙扎的死者。還好這裏是千紙鶴山，情急之下我向地上吐息，幾隻千紙鶴微微顫動，一張和紙化成毛茸茸的羽翼。我指向山坡，牠們一拍翼，迅速向那一團煙霧飛去。

　　那團人形煙霧，正是回憶縛靈。

　　千紙鶴的神力高強，很快就把回憶縛靈打散。牠們在不遠處的上空盤旋，大概是感應到同伴就在附近，很快就飛往後山的隔世橋入口。這群千紙鶴才剛變活，飛得不太穩。牠們笨拙地拍翼，在前往入口的方向留下幾根羽毛引路。

　　「你差點就死了。」我不打算要關心她，只想將事實告知這些無知的死者。她乏力地跪坐在山坡，手腕被回憶縛靈抓出幾條頗深的血痕。這個死者目測只有二十多歲，眼神散漫，沒打算回答我。

　　「你的司書沒告訴你，一定要拿好如意結嗎？」我在不遠處撿回一個幾近瓦解的如意結。想必剛才她不知怎樣丟了如意結，便惹來了在山間浮遊的回憶縛靈。早就說，零和空間才沒死者想得那麼平安。這個世界，比死亡還可怕的事有很多。大概是被剛才的狀況嚇壞，她依然沒回答我。

　　「死者，你是否記得自己的名字？」我問出一道簡單的問題。

她瞪大眼睛，雙目仍然相當空洞：「王志晴。」

確認過她不是我曾處理過的死者後，我更沒打算久留。既然有意識，就沒甚麼大問題了。說到底，保安是夜遊神的工作。我還得去福利署，沒空去照顧別個司書的死者。事不關己，己不勞心。我也是沒有情感的人。只是看她不知所為何事的樣子，我也不好就這樣離去。

「死者王氏志晴，你記好了。」臨行前，我只好將如意結牢牢綁在她的手腕上：「無論如何，千萬不要丟失如意結。」

她似懂非懂，不明所以的望著我。

「千萬，要拿好。」我捉住她纖細的手腕，一字一頓的說。

年中都不知有多少個在山頭迷路的死者。零和空間路途險惡，距離前往投胎還有好一段路要走。雖然她不是我的死者，可我回過頭看，她渾渾噩噩的還是走對了方向。

「往生快樂啦。」

今次救得了這個女孩，下次又不知哪個死者會被回憶縛靈纏上。說到底，其實回憶縛靈也滿可憐的。

他們，很久以前也是人。

　　和我們一樣，都是無緣無償之人。我們對來世沒有希望，自然想要留在零和空間開展第二人生。他們拋棄如意結後，卻沒法找到官職。本是同根生，到頭來打散對死者有威脅的回憶縛靈則成為了侍者的工作。

　　即使沒被打散，他們也會永遠被自己臨終時的回憶苦苦困住，每分每刻都在重溫死亡的一刻。被自己的回憶所困。那麼到底是被困，還是自己不走出來？

　　自從那天嚐過回憶草後，有種奇怪的想法一直纏繞心頭，縈繞不去。最後還是按捺不住，求天兔給我門路。我決定暫時掛牌，拉開獵戶座的屏風謝絕死者或其他人內進。

　　回憶草使人著迷，大概是因為它的多變。點起同一根草，竄進不同人的鼻子會有不同的氣味。天兔說，回憶草嗅起來像朗姆酒。我覺得是略帶腥味的海洋。而金牛，說他沒嗅到甚麼就失去意識了。

　　司書都是一個樣的。身穿黑袍，手執算盤。回憶草卻為倒模似的我們，尋回彌足珍貴的一點不同。

　　第一口的煙霧總是不多。我記得天兔說要吸深一點。於是又

吐了一口，腦袋開始膨脹，身體像煙霧一樣融入了空氣之中。眼前開始變得模糊，差點以為眼前就是香爐，我正要為某個死者處理債務。

迷霧褪去，耳邊傳來浩浩淼淼的海浪聲。

每次墜入回憶草，我都會在海邊醒來。場景有時是海灘，有時甚至是海中心。我猜測這次正處於一個岸邊。天空和海洋的界線好像並不存在，只好靠白雲和浪花區分。在零和空間太久，我差點就忘記了白天的模樣。

旁邊有個女生在說話，但我無法別過臉去看。因為這是在很久很久以前發生的片段，而我只是個觀眾。我時常提醒自己，這是一個沒有意識的夢境。

她的聲音在海浪聲中脫穎而出。問題來得有點突然，她問我，你喜歡白雲還是浪花。

我喜歡浪花。她接著就說，換著是她會選白雲。

也許是不忿，我追問她雲有甚麼好的。只要有藍，白天就不算完成。她說，雲朵可散可聚。此刻我們是同一片，只需一點風就能吹散。陸上的人抬頭望天，沒有誰會記得我們在今天曾一起看過海。

「若即若離，無憑無記。」她是這樣説的。她説喜歡雲的莫測。風一吹就走散，她喜歡這種不可抗逆的脆弱。

浪花再多也不過來自同一片汪洋。

草燒完了。每次做夢都是如此輕飄飄的不著地，醒來後卻重重的鑿在心頭纏繞難忘。使我成癮的是這種不延續。

如果我能在碎片與碎片之間找出一點相同之處，或許就能證明這幅是屬於我的拼圖。拼好了，就能知道自己生前的事。可是，這些回憶也有可能如傳聞所言，只是隨機從別人的備份抽取。將別人的回憶強行黏在自己身上，再為它而感到悲傷。憂別人所憂，這件事光是聽起來就有夠蠢。

回憶草把人都帶到失物認領處。這裏的失物都不帶名字。想要尋回前世的人就在此地徘徊不定。嚐過這段回憶後，喜歡的話就拿去，當成是自己的吧。

為免讓自己泥足深陷，我連忙拿下掛牌開始工作。

「下一位請到獵戶座，進行孽債處理。」

待悲傷的時候，再服一帖。

本

　　一個老人走進了獵戶座的屏風。歲月擅於折疊皮膚，斑斑駁駁構成一個輪廓。老人身穿來自醫院的白袍，步履蹣跚的走來。我很懷疑，這人的意識是否足夠讓他記起關於此生的一切。

「死者，」我還是決定先嘗試一下：「能否記起自己的名字？」

「啊？」老人高聲反問，身體微微前傾。

　　看他年紀老邁，耳朵也開始不靈光。我不厭其煩，故意站起向下再問一遍。這回老人聽到了。回答過後，他沒有老年人的架子，讓我叫他金伯就好。

　　與他對視之際，我的目光不禁落在他幾近萎縮的耳窩上，而這個視線立刻就被他逮住了。想不到老人聽覺不好，目光卻意外地細膩。金伯笑容可掬的道歉，說自己年齡太大了，在醫院一躺就是整年，想死又不捨得。前來零和空間的路上，走得慢又聽不清楚，一直在給我們添麻煩。我對於他的歉意頓感錯愕，好像心底的埋怨都被聽見。

「把生老病死都走完的人，已經很不容易。」侍者一般對自然老死的死者都會特別尊敬。在我剛入職的時候，死者大多都像金伯一樣。白髮蒼蒼，穿著病袍。他們來到這裏，就如長跑見到終點的旗幟。光榮地完成賽事的人，也樂於再賽一場。

可是現在不同。我著金伯向外看看，孽債府的死者大多都是中年人，或年輕人。他們不是被時間殺死，而是自己殺掉時間的。

金伯說他今年八十有三。沒有妻兒，一生醉心書法，薄有名氣也自得其樂。他說在臨終之年已經不能再走路，只能臥在病榻。他也把一套紙筆墨硯帶到了醫院，陪他走過人生最後也是最難走過的一段路。

我告訴他，轉世要忘掉這生的一切。他嘴裏說著不要緊，但眼神出賣了他對此生的不捨。這也是沒辦法。帶著這生的記憶，也等同帶著這生的感情。

「這樣的話，是沒法轉世還債的。」正正因此，才會有失記食堂的存在。

金伯輕拍胸膛，說自己這輩子頂天立地，不曾欠過任何人。雖未見到他的批文，但我坦言，沒欠債的人不多。尤其像他這種，覺得一生完滿的人。

說到這裏，我突然想起金伯這一生是自然老死的。沒幾個朋友，也沒有成家立室，但他亦看似安於將一生奉獻給興趣。他的一生沒甚麼大起大跌。雖不曾大喜，但有幸亦沒有大悲。這樣的話，金伯前生可能的確是無緣無債，卻依然選擇轉世之人。

雖然死者的前生已經不屬工作範圍，與我無尤。但無緣無債的死者比例極少，只有不夠百分之一。出於好奇，也是為了求證，我想出了一個方法。

　　我隨手將紙筆遞向高台邊緣，讓金伯寫下他的名字。他和絕大部分的死者一樣，取物和寫字都用右手。我故意問他，能否也用左手寫一遍。

　　他先是一怔，然後若有所思的淺笑起來。

　　「想當年，不知為何兩手書法很受歡迎，而我卻幸運地獲得了先天優勢。他們很喜歡看我一手在寫楷書，另一手在寫篆書。」金伯邊寫邊說，卻沒有一點分心：「難得這種看似沒用的技能也能被賞識，我一寫就是一生。」

　　金伯在上次轉世時，被批文判定為無緣無債之人。當時在孽債府，司書沒讓他注射設定。因此，他投胎後就成了人間稀有的雙撇子。

　　「怎麼了？」他看我想得入迷，按捺不住叫道：「有甚麼不妥嗎？」

　　在上生無緣無債之人，來到這世亦極有可能同樣。我輕輕搖頭，不便向他透露太多，只好打趣完場：「你這一生過得那麼好，還會有甚麼不妥。」

這生以外的事，亡者都不應知道。不知道便不會牽掛。

無緣無債之人，在來世不需還債，也沒債要討。我們可以選擇留在零和空間，或和其他死者一樣走過隔世橋轉生，重新回到那個世界，嘗試打破一個缺口，為自己的批文做出一點點的不同。

然後，再被這個世界拒絕。

城隍爺告訴過我們，有些人註定無緣亦無債。一個人的投胎，一個人的回來。無論在人間多努力的活完一生，無論把隔世橋走過多少遍，批文上亦只有自己的名字。他說，要是我們已經厭倦了一個人的話，可以留在這裏。

在孤獨星球上，再沒有誰會去定義孤獨。所以這裏亦沒有孤獨的人。

我不是因為這段話而留下來的。至少不完全是。只是既然被遺棄，就沒有回去的理由。倒不如留在這裏，聽有故事的人說故事。總好過我們再活一趟。也不過一張白紙的去，一張白紙的返。

「我還以為，你們都是因為某種原因而無法轉世的人。」金伯毫不諱言。

「不是無法轉世，只是也沒有這個必要了。」即使我多作解釋，像

他這種活得精彩的人也難以明白。金伯想要說點甚麼來安慰我。我擺擺手，説我已經死去很久了。

即使傷心，都過期了。

「不過，要是我也是這種人，」聽他的語氣，的確堅信自己沒債：「我一定會選擇轉世。」

我當然相信，因為他的前生正是這樣。然而我不能向他透露，只好反問：「這麼肯定？」

「活著有甚麼不好啊。」他一張和藹可親的臉，差點就把我當成是膝下兒孫。金伯是個熱愛生活的人，與選擇留下來的侍者都不同。幾千億年過去，我甚至已經記不起自己生於哪個年代。記不起自己的故事都沒關係。在零和空間穿著黑衣的人都一樣。

我們都是沒有故事的人。反正都是白紙，哪一張都無妨。

在隔世橋前，我們將如意結拋進三途川，代表放棄轉世的機會。你們生世輪迴，以不同的樣貌身份去還債討債。我們在這個沒有時間的空間始終如一。

「抱歉，」我腼腆一笑：「扯太遠了，我馬上為你檢視批文吧。」

　　無緣無債的人不帶設定轉生，在今生亦很有可能落得一樣的結果。不過為了安全起見，我們還是會按著程序辦理。

　　金伯的髮絲銀白得發亮，燈光折射下來似是可以映出一生。因此分解出來的底紙非常淺色，卻和他的皮膚一樣皺紋滿佈。我在信箱前久久沒轉身，金伯在下方亦察覺到，揚聲問我是不是出甚麼問題了。

　　「金伯，」我略顯遲疑，把批文遞給他：「你在來世，似乎有債要還。」

　　批文雖然淺色，但上面的字卻清晰得很。他被突如其來的衝擊定格，一下子連眼睛也無法眨動。

「死者金氏樹成：欠蔣懷恩一債」

　　「她是你的誰？」我故意把名字重覆一遍，試圖喚起他的記憶：「這個叫蔣懷恩的人。」

　　金伯臉帶慍色，説平生高風亮節，不近女色。

　　況且認識的人之中，從沒一個叫懷恩的。

無

　　我們面對眾多死者，當中也有想要隱瞞過去，試圖逃避還債的死者。對於那種人，只要在他們面前焚香就會説出真相。但金伯牢牢抱住香爐，任我怎樣提問都只能顯示出一些無關痛癢的備份片段。

　　線香燒完，金伯沒有説謊。他的確不認識這個人，但批文又不可能出錯。

　　這種突發狀況已經超出我可處理的範圍，草率處理蒙混過去，受害的只會是死者。我把金伯帶到旁邊的金牛座，他在職時間比我長，懂的事也比我多。連他也束手無策，我只好帶金伯去找城隍爺一趟。

　　零和空間每個部門都會有一名首長，負責管理旗下職員和處理棘手的事情。生者所認識的神話人物很多都是首長級別的，譬如掌管孽債府的城隍爺、失記食堂的孟婆和輪迴旋處的白兔先生。

　　上了年紀的人聽過很多無稽的傳説，對零和空間一切很感興趣。他滔滔不絕的提問：「閻羅王呢，他是不是很威武？你們是不是很怕他？」

　　我冷笑一聲，反問：「你們都以為整個零和空間，就閻羅一人説了算吧。」

「不是嗎？」金伯對於我的說話大感錯愕。人間對零和空間的最大謬誤，就數這個了。

「你在去世的時候，見過了速報司吧？」他聽後一臉不解，我才連忙改口：「我的意思是牛頭馬面。」

　　人間的人果然還是習慣這個土氣的名字。他還說，人間的人都以為他們本來就長這個樣子。直至他在病榻斷氣，速報司摘下面具的一刻他才吃了一大驚。

「他們就是屬於穿梭兩界的境外迎送部。」我盡可能隱藏自己的不屑：「閻羅所管的就只有這個部門罷了。」

　　我沒親眼見過閻羅，而且也沒有要見他的打算。說到底，這人不過一本生死冊在手就得戚，耍手段讓人間的人誤以為他掌管零和空間，還要別人喊他閻羅王。手上的生死冊內裏紀錄生者何時逝世，屬零和空間的高度機密，只有閻羅一人有閱讀權限。聽候他差遣就只有一眾速報司，負責去人間接送死者。

　　不過我們其他人，在心底倒是挺羨慕速報司的。能踏足人間的侍者不多。他們卻每天都出差，在人間玩都玩得膩了。我早就察覺到這種想法的怪異，明明侍者都是放棄了人間的人。可是在零和空間荒唐的事有那麼多，也不差這一件。

我們在走廊盡頭的一扇青銅門前停下。孽債府頂樓只有城隍爺的工作間，平白無事我們也不會故意上來。我在門前有點不知所措，只好把五指屈成拳頭，輕輕叩出節奏。

城隍爺的陽壽和陰壽一直是個謎團，也是司書們千年以來從不厭倦的話題。看起來一個年近耄耋之人，頭腦卻比起我們都要精明。他臉上長著兩撇長鬍子，長相也沒人間所言那麼兇悍。我們同樣在孽債府工作，但他身為首長，穿的黑袍縫有金線銀縷，頭戴一頂浮誇的官帽。更重要是不用委身於狹小的高台後面。

青銅門後是一個溫室，種滿零和空間獨有的植物無常花。城隍爺特意將工作間改建成玻璃溫室，方便進行培植。他身後就是一塊落地玻璃，放眼盡是傲踞千紙鶴山的風景。

無常花的花瓣質地似輕紗，呈乳白色，無葉無味。必須由三途川川水灌溉，再用黃泉大道北的泥濘種植，是為珍貴物種。無常在於它沒有既定的花期，可能此刻綻放，下一秒就凋落。寄寓人和花的生死皆一樣無常。世間萬物沒有永存，亦當沒有永滅。

除了花團錦簇的無常花，溫室的上空掛著一個個中空的塔香，瀰漫著一股好聞的香氣，把死者身上的氣味一一蓋過。

城隍爺安坐在模仿典當舖的高台之上，看起來與平日的我們無異。桌上一樣有香爐和算盤，還有寫有梵文的黑色信箱和配方酒

櫃。處理債務的設備一應俱全，只是他根本就不用親自動手。我和天兔打過賭，說他的算盤和信箱都是擺設罷了。

城隍爺見我們兩人來訪，一邊梳理鬍子，一邊打量我。他看我的一身打扮，自然知道我是司書。只是他麾下有八十八名一模一樣的人，記不起我也正常。

「我在獵戶座工作，就在金牛座旁邊。」加上十二司書的名字，應該會有點印象：「我在處理這名死者的債務時發現異常。」

「特此向城隍爺通報。」語畢，不忘向他微微欠身。

一直習慣在上方，此刻站到高台下面覺得很難為情。我向城隍爺稟報事件始末。生怕說錯話，看不清他的表情使人感到忐忑不安。原來，平日死者看我正是這般彆扭。

城隍爺聽後金伯的情況後若有所思。他先致電備份館，開啟金伯所有的回憶片段，並抽取「蔣懷恩」這個關鍵字搜查。看到電話真的能接通，我不禁打了個哆嗦。

不消一會，那邊就回話說沒能找到。我暗自慶幸，除了能夠證明金伯並沒有說謊，我也不是沒事來煩他。城隍爺眉頭一皺，吩咐電話裏頭的人加大搜尋範圍。

等待的時候很是漫長，在職多年我也從未試過遇上這種麻煩。可是金伯一臉從容，舉步為艱還在四處參觀城隍爺所種的無常花。

　　直至城隍爺掛上了金屬製的古董電話，說話擲地有聲。

　　「備份館已經找到死者金氏的欠債，而舉債人也的確為蔣懷恩。」這話由城隍爺說出，別具說服力。他神色凝重的對我們說：「現時她人在浪花客棧。」

　　這話似是惹惱了金伯，他拍案大喊，說自己根本就不認識這個人。金伯一直和我聊天都和顏悅色，一下子竟變了樣。觸怒他的並不是城隍爺，而是金伯一直堅信自己這生對得起天地良心。這樣說他欠債，就等如對他引以為傲的人生添加指控。

　　久經風浪的城隍爺仍然冷靜。他沒有反駁，只是再次撥打電話。這次他把古董電話的聲量調高，在高台垂下話筒讓我們聽見。

　　「待會會看到一段備份錄像，」他把一個金製的香爐遞給金伯：「你不用說話，只管看就好了。」他還補充，說看完以後就會明白。

　　金伯被城隍爺冷靜的話語澆熄了怒火，奢華香爐在他瘦瘠的手上更顯累贅。我從襟袋中掏出流螢，點上香爐上的線香。和死者肩並肩去看備份，我倒是第一遍。

來不及多想，城隍爺的一張臉逐漸模糊，視野已經被煙霧侵佔。話筒傳來一把稚嫩的女聲，在空曠的溫室迴盪。

「你要去哪？」

眼前很模糊，我還未追溯到意識的斷口。這裏異常侷促，四周離我很近。我只感覺到自己被拖行，拉的人力氣很大。

夾雜呼救聲，我不斷高聲問外面的人想要把我帶去哪裏，問了好幾遍也得不到答覆。換來的只是更猛烈的拖行。直至上方突然冒出一個缺口，我差點就透不過氣來。可是那不是天空的缺口。來不及再作推斷，眼前就出現一個蒙著黑色面罩的人。

剛恢復過來的意識讓我感覺到危險。肌肉一下子收緊，下意識著我聲嘶力竭地呼救。面罩人的身軀比我要大一倍，我隱約看見他身後有燈，還有人走過。這裏應該沒離市區太遠。

面罩人被叫聲嚇倒，使勁朝我的臉部按壓。他戴著勞工手套，舊得發黃還十分粗糙。

手套的表面用力在我臉上磨擦，使我險些就不能呼吸。我榨取僅餘的力氣蹬他一腿，趁他吃痛連忙溜開。我跑出了一條小巷，

這個地方應該叫工業區。我估計現在已經很晚,想到這裏背後又是一陣寒意。我沒空考究自己為何會被帶到這裏,只得沿著大街跑,找上任何一個人都好。街上杳無人煙,我跑不了兩步就乏力。在快要放棄之時見到一個身影,我像發狂一樣衝上前。

我跪坐在地捉住男人的腿。男人衣裝端正,一臉溫文,看起來是個好人。我在喘息之間擠出呼救:「請你,請你幫幫我。我被,被一個──」

話未説完,男人用力一踢就輕易把我甩開。

墮進懸崖前,我以為自己抓了一根稻草。暗暗叫幸運之前,才發現它已經折斷了。

男人冷冷的拋下一句:「我沒錢,你去找別人吧。」

他望著我,搖頭嘆息。

我沒空去怪責男人,只記得他穿著尖頭皮鞋,踢下的一記很沉。

胸骨的赤痛蔓延至心臟,無法呼吸的感覺又來了。在窒息之前,得盡快離開這個地方。我才有機會繼續呼吸。

跑不了幾步，突然感覺肩膀一沉。我本以為是自己跑不動，下意識將視線移到肩上。

是那雙發黃的勞工手套。

看到這裏，線香剛好燒完。直至視野變清晰，眼前的人還是城隍爺。我望望四周確認自己身在孽債府，心跳才逐步回復正常。我把黑袍的領襟稍為鬆開，才發現自己渾身都是冷汗。

「剛才的備份，是屬於蔣懷恩的。」城隍爺說話的語調仍然平靜：「死者金氏，你該見到自己吧？」

在我旁邊的金伯牢牢握住香爐，像缺了靈魂一樣緩緩點頭。那個踢開蔣懷恩的路人，就是年輕時的金伯。

空氣凝結起來。我們都在等待金伯接受這個事實。

「十二歲的蔣懷恩被人口販子擄走。她在巷子拚命呼救，有兩個人路過聽見，卻抱著多一事不如少一事的心態直走而過。當她成功逃脫向你求救，你卻以為她是騙錢的乞丐。」

接受現實或許需要點時間。有些人馬上就能接受，有些人會

讓自己永遠留在否定的狀態，然後編造很多很多藉口企圖去淡化事實。在這個沒有時間的地方，一刻和永遠的分別都不大。

「一個患有貧血的孩子，跑了兩條巷子來找到你已經用盡她畢身——也是畢生的力氣。」城隍爺不留情的繼續概括債務。

話說回來，近來好像特別多先天殘缺的死者。輪迴旋處是死者轉生的地方，他們會從那裏重返人間。我沒到過那邊，但我想一路上必定十分崎嶇，所以人類才會生下來就遍體鱗傷。

「你肯相信蔣懷恩的話，她的一生就不用如此坎坷。」城隍爺這話似是在灑鹽，又似在總結。

良久，金伯終於開腔。他乾枯的嘴唇吐出一句：「我都……不記得有這樣一回事。」

我和城隍爺都知道他沒有撒謊。因為在金伯的備份中，的確找不著這輯片段。對他來說，趕走一個蓬頭垢面的乞丐根本不值一提。在腦海留下的印記太淺，根本沒傳送至備份館。

可是於蔣懷恩而言，金伯狠狠把她踢開，等同折斷她的一線生機。她把絕望的一幕牢牢烙在腦海，我們今天在備份館才得以找到。

「我⋯⋯我不是故意的。」金伯不停拉扯病袍長得過份的衣袖，藉此宣洩不安：「如果我知道，我一定——」

他續説金伯的句子：「如果知道有我們孽債府，你們在世時就會更注意自己的言行吧。」

「知道的話，就沒意思了。」

青銅門關上一刹，我好像看到城隍爺在笑。

源

司書不會對死者說甚麼安慰的話。因為這裏沒有人需要被憐憫，也沒有人值得被憐憫。孼債府作出的設定，僅僅是讓死者還清這一生的債務。他們在來世所作的決定，大都是出於自身的自由意志，與設定無關。

在今世自己種下的因，自然會成為來世的果。

無心插柳柳成蔭，金伯在這世無意撒下的種子，幾經巧合而結成果樹。算盤上的枝椏串著一顆顆善果或惡果，要由播種的人摘下。即使苦澀，也得下咽。

我無意在別人的傷痛上多割一刀，我的職責是讓死者直視自己種下的因。返回獵戶座後的高台，我不痛不癢地概括孼債：「蔣懷恩在你身上種下的孼債，在於你生前對她的見死不救。」其實不是不痛不癢，只是痛的人不是我。

被這話剌得暗暗吃痛的人默不作聲，點頭表示明白。我一手打著算盤，一手在倒手工啤酒。一向話多的金伯也靜下來，聽酒水斟進容器的空洞聲。

「死者金氏樹成，你的債務已經被核算清楚。」如此迂迴才能得出的一盤數，終於可以清盤：「你是否同意，在來世向你見死不救的蔣懷恩還債？」

金伯感慨的點頭，他說自己連蔣懷恩長甚麼樣都不知道。

「我此生只見過她一眼，怎料會結下一輩子的債。」

我聳聳肩，說因果就是這樣的不著跡，卻暗暗跟隨我們，揮之不去。據孽債府提供的數據，只有少於百分之一的死者擁有無緣無債的批文。金伯在上輩子，就是其中一人。

在上生，他能夠不帶設定的轉生。可是今生他的的確確是欠下了債，我就得為他設定來世。他拿起針筒的時候，手還在顫抖。

下輩子，只用一邊手也能寫書法吧。不然，難得能夠打破無緣無債的命，這次帶著孽債轉生，或者就能發現更值得醉心的事，或人。

我暗暗感嘆，還債機制槃根錯節，但滴水不漏。死者一旦種下孽債，就無論如何也無法走出還債解結的輪迴。

難得他也屬於我不太討厭的死者，我小心翼翼地將如意結交到他手中。死者過橋後，還要走過好幾個部門才能轉世。願他在零和空間也能一路平安。無憂樹前有很多人在輪候。等候期間，金伯開口問我為甚麼死後只有零和空間，而沒有地獄和天堂。

「好人送到天堂，壞人打入地獄。這樣不是簡單多嗎？」

他不明白我們為何要大費周章，安排還債討債。最要命的，是還完上生的債後，此世還是會積下別的債。然後來到零和空間，在來世還是要走上同樣的路。我沒直接回答，而是把行動不便的他攙扶到橋上，説我只能送到這裏。

　　「直走就可以了，在橋的對面會有人來接你。」他已經踏上隔世橋，我再叮囑他：「一走上橋，便不能往回走。」

　　他向我淺淺一笑，説：「我不會回頭。即便如此，我依然渴求轉生。」

　　即使知道要還債，仍然想要再活一遍。這種人永遠不會懂得我們選擇留下的心情。我們於他亦然。隔世橋的入口就在前面。在許多年前，我們正是在這裏親口放棄轉生的權利，才換來這身黑衣和算盤。

　　「往生快樂。」有債在身的往生，必定會比我們一張白紙的快樂。

　　金伯以為死後有天堂地獄，世間的人亦然。有這種誤解，除了因為讀得太多小説以外，更重要的是他們不知道有孽債府的存在。

　　天堂和地獄乃一念之間。還債和討債卻是一輩子的事。

　　「你説，又怎可以混為一談。」

　　木珠在算盤上嘀嘀答答，在沒有時間的空間模仿分秒。金伯的轉生通知很快就來了。收到菲林底片，代表我們處理過的死者已經活完一生。他們不會記得在零和空間見過的人，更不會記得欠下債務的前生。

　　相片和底片都一樣。等到經歷者自身都忘掉的時候，沖曬才有價值。

「零」

「你要去哪？」

　　金伯二世沒理會同事的叫喊，剛夠鐘下班就打卡離開。下星期就是平安夜，再不去就來不及了。他提著一個大塑料袋，擠進人多擠迫的商場。

「胖子，又來賣球鞋啦？」店舖東主認得他。這個胖子時不時就拿一些典藏球鞋來變賣，當中很多都是限量版，價值不菲。他用力的點頭。笑的時候很用勁，眼尾和嘴角都泛起深刻的笑紋。看這些紋理就知道，胖子正是金伯的轉世。

　　店舖東主打開保存妥當的鞋盒，如獲至寶。在金伯二世第一

次來變賣時，東主就好奇他哪得來這麼多的收藏。金伯二世說，他在中學時就喜歡上足球。可惜自己從小就這個身形，跑也跑不動，更莫說要踢球了。他拚命做兼職，儲錢去買球衣和球鞋，彌補沒能當上足球員的遺憾。

「說賣就賣，你捨得的啦？」作為東主，他更明白球迷的心態。

金伯二世直說，不捨得啊。可是他難得約到喜歡的女生在平安夜約會，他想給她買份好看的禮物。據他所知，她可是很受歡迎的，追求她的人絕對不只自己。在平安夜約到她，是他最值得自豪的成就之一。

他在每年的十二月都會笑著來變賣球鞋，離開的時候一次比一次快樂。東主暗暗感嘆他如果將這份毅力放在減肥之上，該早就當上足球員了。

直至剛畢業的胖子都變了職場上獨當一面的胖子先生，他也再沒有球鞋可以拿來變賣。每次走過店舖還是會和東主聊天，隔著櫥窗看一眼自己的青春現在是甚麼價位。

東主沒忘記這個胖子。他用老朋友的腔調說：「都那麼多年了，我連孩子都有啦，你到底泡到她沒有？」金伯二世臉紅起來，整個感覺很是彆扭。他告訴東主，他們說好每年的平安夜都會見面。每年他送她一份禮物；而作為回禮，她就陪他看一晚燈飾。

　　別人在期待聖誕節，他卻在期待平安夜。他聽她說過小時候有哮喘，一著涼了就很麻煩。所以每年都會織一條頸巾送給她。可以的話，他希望平安夜能永遠留在深夜十二時之前。那麼，她就不用回去男朋友的身邊。

　　在那一年，他也不用在送她歸家的路上遇上車禍。

　　兩人相識多年，這個胖子為她付出過那麼多。這天，是她頭一遍為他而流淚。

　　金伯二世在醫院醒過來，他沒意識到自己臥在病榻，還想走到她的身旁著她不要哭。他發覺自己好像走不動，還以為是麻醉藥還沒過。直至她哭著告訴他，醫生說要截掉他的右腿才能保命。

　　他比自己想像中還要來得快接受，笑對她說：「還好，我把球鞋都賣掉了。」

　　他知道自己最擅長的莫過於此。在該哭的時候笑，在該笑的時候要笑得比別人大聲。所以，他的笑聲才有慰藉眼淚的力量。在她每次悲傷的時候，才會第一個想起他。

　　「今年的聖誕禮物，」他沒空去顧及自己，也沒來得及想以後的生活會怎樣。他只想到能和她獨處的時間不多，或許比起自己一雙腿還要寶貴：「看看喜不喜歡？」

她拿出他在車禍前送的禮物，輕輕拆掉盒上一個紅色的絲帶結。

咔嚓。

有緣有孽，連那一腳也還給她了。金伯此生已經再沒虧欠蔣懷恩。

前生無緣無債，不問紅塵，做一名我行我素的書法家。今生的他有債在身，即使沒能被愛，至少也能嘗過愛人的感覺。要是他沒到過失記食堂的話，我想知道他會比較喜歡哪一生。

如果我當初選擇轉世，或者也能像他一樣，不再成為白紙。

惡猶始得果

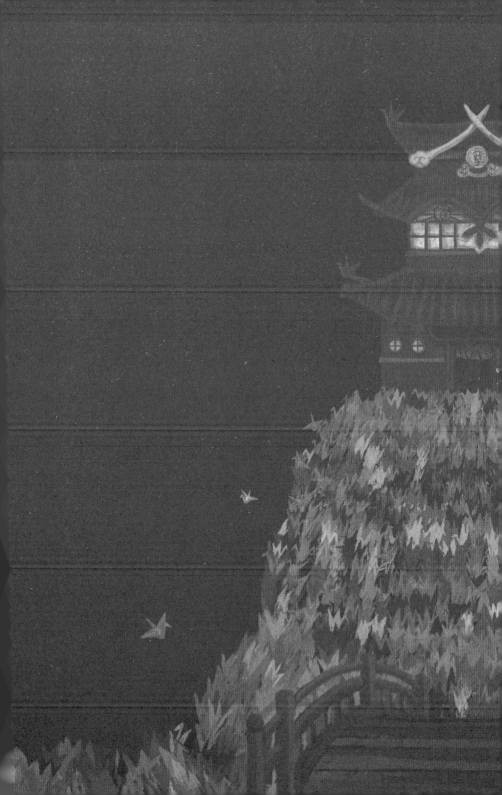

惡

　　自從那次獨自嚐過回憶草後，掛牌暫休的次數明顯多了。直至天兔開始後悔把我拉下坑，我仍然堅持不承認這是上癮。我只是想弄清楚自己如何死去。僅此而已。

　　「為甚麼要這般執著呢，」天兔從襟袋取出新的一包回憶草，我又嗅到了海洋味：「明明我們當初都是自己放棄轉世的。」

　　零和空間規定無緣無債之人才能擔任官職。除了因為我們不在因果的輪迴之中，他們更認為這種人都是善良的。至少我們在世時沒做出十惡不赦的事，沒愧對過他人。然而，具備這種條件的人大多都會選擇留下。

　　我們不是討厭這個世界，而是討厭自己在世界上的可有可無。

　　善良的人甚少會被記住，被記得深的往往都是被稱為負心的人。就如每一個走進獵戶座的人。顧氏背叛了忠誠的伴侶，卻能被他深深記住。吳氏和父母互相折磨，卻為他們兩度捨棄性命。

　　換個角度，我們不是想成為善良的人。只是沒做過深刻的事，也沒能成為深刻的人。有些話不便宣諸於口，但我在心底也渴望，可以做一次壞人。

　　「話說回來，獵戶你真的一點也記不起嗎？」天兔問：「關於死因。」

我搖頭說，一點也不。

「是嗎⋯⋯」他露出一個懊惱的神情，猜測或許和我額角的疤痕有關。可能我撞到過頭，震盪使我把臨死前的一刻都忘掉了。明明這段最後的回憶，是零和空間唯一留給侍者的禮物。

「忘記，真的有那麼輕易嗎。」我看著在桌上降落，不再飛翔的流螢。翅膀沒與空氣磨擦，燈光就滅。

「嗯，」天兔小心翼翼地用手心盛起牠：「喝一口湯就可以了。」輕輕一拋，宛如就讓牠飛往失記食堂。

我在腦海翻來覆去，極其量也只能記得零和空間的事。

「那你呢，」有一個問題我一直想知道，卻不知道是否應該問：「你是如何死去的？」

雖然天兔是天兔，我是我，但我們看起來年紀相若，而且在差不多時間來到零和空間。我想，他的故事或許也是我的故事。他稍作一頓，隨後才回答：「我只記得，我是在白天死去的。」

白天的天空很藍。那種由光線塑造的藍，在零和空間是絕對找不著的。蔚藍之下，窗邊停了一隻鳥。那不是夜裏的流螢，也不是隔世橋畔的千紙鶴。我從窗戶折射的畫面看見，我大概身在醫院

的病榻。

　　旁邊一個中年男人滿心歡喜，說帶我出去走走。他說去借輛輪椅就回來，讓我等他。於是我一邊等，一邊看天。我等了好久，幾乎要把天空瞪穿了，我有點氣他為甚麼一去不返。

　　最後我才發現，原來不是他沒回來。而是我離開了。

　　天兔說，他只記得這麼多。他甚至無法記起那個男人是誰，但從對話推測，應該是和他甚有淵源的人。

　　「那麼你在回憶草，也見到相同的片段嗎？」我急不及待地追問。如果是的話，很有可能那個喜歡白雲的女生的確和我有關。

　　天兔苦笑搖頭，說每次在回憶草見到的場境都不同。有時候在酒吧，有時候在古堡，有時候在垃圾堆中。只是沒有一次見過那名中年男人，和那片藍得不像話的天。我以嗟嘆釋出失望。或許天兔說得對，回憶草只是隨機抽取亡者的備份。

　　所以片段才會這麼的零落，所以我們才會這麼的著迷。

　　他說他在零和空間認識那麼多人，都沒一個像我，對死因毫無記憶。連金牛都摸不著頭腦。就似，沒有活過一樣。

「説不定，你從來沒到過人間。」他補充説。

　　天兔離開前，他説可以把回憶草留下，但他要給我一個忠告。

　　他走到黑色信箱前，問我知不知道這句金色的梵文在説甚麼。他這是明知故問，我只好搖頭。他説，這句的意思是**「不存在的事物最有價值」**。

　　臨走前，他拍拍我的肩膀，著我消化回憶草前先消化這句話。

「沉溺可以，但要有限度。」

「一根回憶草有多長，我便沉溺多久。」我這樣回答。

　　回憶燒光，再不願意也要折返現實。然而，若然我真的沒有活過，那我所渴求沉溺的幻象，正是某人生前最不願醒來面對的現實。

「下一位請到獵戶座。」

　　我開始質疑。到底我是和這些人一樣，親口放棄轉世的機會。還是，我根本不被給予一個選擇。

猶

　　這次的死者是個女性。她穿著一身合身的正裝，死去仍然不
失端莊。整個人的重量就只聚在兩根纖細的踭上。她束起長髮，化
了淡妝，沒藏住臉上的小瑕疵。沒有過分修飾反倒更顯五官的精
緻。不知道是否我的錯覺，我甚至覺得她身上竟然沒有那股難聞的
氣味。

　　通常死者進入屏風，都是由我們先開口招待，釋除他們一連
串的疑問才開始審計。怎料女人竟先開腔，彬彬有禮地向我問好：
「你就是負責處理債務的，司書嗎？」

　　雖然欠債的內容五花八門，處理手法和死者的應對都大同小
異，突如其來的問題使我一下子沒反應過來，思路和舌頭打成結，
我只得呆滯地點頭作應。

「獵戶座是吧，」她回頭一看屏風的星相，恭敬的仰頭望我：「那
就麻煩你了。」

她的敬意沒令我感到被奉承，更叫我防備。反正，我對死者的厭惡
已經是一種最大的戒心。

「死者，」我擺出比平日更要嚴肅的語氣：「你是否記得自己的名
字？」

「記得。」她好像看穿了高台的用途，識相的沒再直接和我對視：

「司徒寧。」

「你知道自己已經死去嗎？」

「知道，」她講述的語氣近乎平鋪直敍，死亡於她而言彷彿只是數據：「死於先天性心漏病，家族遺傳。病發時胸口因劇痛而出現昏厥，未及送院已經不治，終年三十三歲。」

「又是先天殘缺？」我喃喃自語，沒讓她聽見。近來我處理的死者，或和死者連上羈絆的人，他們好像很多都有先天疾病。如果不是設定，難道真的純粹是他們不走運？

　　一個人要是沒被注射設定，他極有可能會過著風平浪靜的一輩子。金伯醉心書法的那一生就是好例子。

　　從出生到自然老死，流年歲月沒有一點難，像不帶調味的清粥。足以果腹，但難免有人會覺得平淡。

　　可是司徒氏不是這種人。先天患有遺傳病，還要早逝，在投胎時隨機抽中這種背景的可能性也很低。這種命格必定是她上輩子來過孽債府，經核算後所作的設定。獲得早逝這種設定，大多是在前生自殺，或不珍惜生命的人。就如我之前處理過的死者吳氏一樣。無論如何，這也不由得我深究。死者被核算過的前生屬個人私隱，我們只能推測。

不管她的前生是怎樣，她在這生雖然紅顏薄命，卻比一般人
要聰明理智。如果這不是設定，那她在隨機分配上就是走運了。其
實我倒不討厭自作聰明的死者。相比之下，我更討厭愚蠢的死者。
如果見到死者屬於愚昧的一群，我不敢奢望他們會懂得上報債務，
所以大多會省略第三道問題，直接替他們查閱批文好了。但是她，
或許能夠回答。

　「最後一道問題，你有債務需要申報嗎？」說罷，我向她簡述：「孽
債簡單來說就是你對不起他，令他對你心懷怨恨的人。」

　「有。」她不需思考就回答：「我要申報，有一個。」

　　她的答案簡潔俐落，清晰冷靜得使我驚喜：「請說。」

　「我所欠的人叫陳符。一個知名鋼琴家。」

　　我在高台上仔細聆聽她的說話，會主動上報債務的死者少之
又少：「舉債人是否尚在人世？」

　「他在兩年前已經死去。」換言之如果司徒氏真的虧欠過他，那麼
他人應該還在零和空間等待她來還債。

　「你和陳氏是甚麼關係？」

「沒有關係。」她一再重申：「我只見過他兩次。」

　　我來不及消化資訊，她又再度補充：「事實上，我們僅僅是萍水相逢的陌生人。」

　　事情好像沒我所想的那麼簡單，我便提問：「那麼，陳氏是否知道你曾欠過他？」

「知道。」她像先前的答覆一樣不需思考，純熟得不像話。

「謝謝你的申報。」我以近乎敬佩的語氣說：「大概死亡會令人變得愚蠢。聰明的死者比太陽還要罕見。」

「太陽？」司徒氏不假思索反問，難得這名死者挑起眉頭的怪樣子都好看。

「啊，」我這才想起兩地的差異：「我們零和空間是沒有白天的。太陽屬人間之物，於侍者而言是傳說一般的存在。」

　　她對我的讚揚無動於衷，簡單地回答：「一百五十。」

「一百五十？」這回到我要反問她。

「智商一百五十。我假設，這應該算是聰明？」

一百五十的智商到底有多高，我沒一個概念。但我猜，大概就是比正常人要機靈一點對吧？她的智商可能是設定，也可能是純粹的幸運。可是直覺告訴我，她的心漏病和早逝並不是隨機分配而致的那麼簡單。我不停著自己不要再斟酌人家的前生。前生已經過去了，無論是甚麼因，她的果都已經還清了。我的工作只是要為她處理此生，欠下鋼琴家的債務，僅此而己。

　　我沒再追問，選擇查閱批文確認。為了拔掉髮絲，她不得不鬆開束起的髮髻。司徒氏的頭髮比我想像中要長，輕輕一撥，便順服地披在身後。我不慎看得走神，她太像一艘要揚帆航海的船。

「死者司徒氏寧：欠陳符一債」

　　既然死者本人申報過，欠債人的名字也吻合。我也不用多費唇舌去問她這宗債務是否正確。我很高興遇上這樣聰明的死者，她的果斷和配合省掉了不少時間。回想顧氏那種不懂世故也諸多挑剔的死者，實在差遠了。她變成鸚鵡後也投胎好幾次了吧，不知道現在還是不是老樣子。

「請你回想一句對舉債人所説過的話，」我像平日一樣作出指示：「我便能接駁到你生前的片段，為你的孽債調製還償方案。」

　　聽罷，她把香爐挪開。我正感詫異，司徒氏卻霍然抬起頭，一雙圓溜溜的眼眸想要將人看穿：「一個人的夢想，有多重？」

「我不明白你的問題。」我已經拿起了算盤，準備核算：「我們這裏所計算是債務的輕重，而非計算夢想或希望這些——」

不待我說完，她逕自再問：「那毀掉別人的夢想，這項債務有多重？」

始

「一切都得視乎孽債的深淺。」

　　例如我們大概每處理五名死者，便有一名的債務和出軌有關。然而即使同樣對伴侶不忠，他們身上的孽債亦會有不同程度的深淺。還債配方亦是獨一無二，未必適用於另一人。

「這樣，可以解答到你嗎？」太久沒有遇上過如此好學的死者，還未開始工作便讓我感到疲憊。從事這項工作太久，在核算時大多都是潛意識驅使。讓我們解釋原理，反而有點吃力。頃刻，線香又掉下一截灰。

　　煙霧開始越來越濃烈，那是備份開始的前奏。她思忖片刻，嘗試回想那句深刻的説話。

「這是不幸。」

　　很明顯這是意外，但我還是被盤問了半天。無論他們問甚麼問題，都只能從我口中得出這個答覆。我一直相信遺傳病是人生中的第一個不幸。而身邊的人總是告訴我，這是我的唯一一個不幸。

　　我出生於一個環境不俗的家庭，在外國接受不俗的教育，回流後也找到了一份不俗的工作。別人都説我很幸運，我卻一直認為

這些都是上天給我的補償。直至我遇上了這個人。請別誤會，這不是一個關於感情煩惱的故事。事實上，我的一生也沒對任何人動心過。活在世上，光要顧及自己就已經夠勞累，更何況還要多顧慮一個人。

那天只是一個極其平凡的假日。我如常地約見朋友，如常地交換近況，也如常地掛念起外國的冬天。我們談起雪人和雪橇，她突然提議說：「要不要去溜冰場玩？」

我答應的時候，絕對沒有想過會遇到這個鋼琴家。當然也沒有想到他會在冰上跌倒。更沒有想過我會來不及剎停。

那刻我忘記了，原來腳下有一塊鋒利的刀片。

即使冰塊能讓斷指保持在低溫狀態，可是切口過於參差不齊，加上事發時圍觀的人太多，延誤了救援。搶救過後，依然沒法駁回左手的斷指。他本來打算參加的國際賽其實不被看好，一直沒甚麼報導。可是遇上意外後，他的新聞價值升得比比特幣還要快。各方傳來的慰問其實都不過是訪問，而訪問說穿了都是仿問。他們將假設模仿成問題，去讓別人說出被藏好的假設。這種語言遊戲流通多年。問的人兵不厭詐，聽的人也樂此不疲。

面對這一切，他只說：「這是不幸。」

待事情略為冷卻之後，我曾經見過他一次。雖然是意外，但此事直接還是因我而起。在情在理，我也該去探望一下。他看見我的一刻很是平靜，大概大家都明白這是不幸。

「要是來道歉的話，就不必了。」

「我沒有這個打算。」我說：「我不認為我做了甚麼錯事。」

　　既然是不幸，要道歉的大概就是主宰這一切的人。氣氛僵持不下，我還是決定離開。臨走前，他說了這樣的一句：「我說不必道歉，因為我無論如何也不能原諒一個令我無法再實現夢想的人。」

　　聽到這話，我才知道原來他根本不願意接受這是不幸。我不明白。我能接受自己有心漏病，本來就活不過三十五歲的不幸。為甚麼他就不能接受自己遇上意外的不幸？我們都是被支配的。為甚麼他不能明白。即使有怨恨，也該怨天而不應尤人。

　　在國際賽當天，他在家中服藥自殺。伏屍在三角琴之上，用身體的重量按出最後一組和弦。

　　她擅自捏熄了正燒得旺盛的線香：「說完了。」

　　這人的想法強大得使我可怕。我呆呆地接過香爐，差點記不
起接下來要做點甚麼。

「死者司徒氏寧，你的債務已經被核算清楚。」我輕輕一咳，好等
自己專注一點：「你是否同意，在來世向被你摧毀夢想的陳符還
債？」

「我不同意。」

得

「不同意？」

「為甚麼他不能接受自己的不幸，還要我來償還？」

我輕嘆：「你們不是被支配的。」或許她很聰明。可是零和空間輪迴轉世、因果相報的規律可是很複雜的。

說不定在零和空間的九里雲霄以外，背後還有一個比起因果輪迴更大的體制。不過就這裏的規律而言，遇上他，再和他結下孽債，都是你的自由意志驅使。如之前所言，設定頂多只佔來生的兩成。這個因是自己種下的，即使如金伯一樣無心插柳，也得自食其果。

我們先旨聲明，身上有孽債而不去償還的話，它會吃掉人的靈魂。

他們斷然不會明白靈魂被吃掉是怎樣一個概念，但我能聽出她的聲音開始猶豫起來：「有人……試過嗎？」

「當然有。有吧。我也不清楚。」我模棱兩可的回答：「那些死者只會靜靜地消失。」

還債機制屬強制執行。零和空間給予拒絕還債者的懲處，就是這種卑微的結局。讓這種人悄悄地消失，零和空間是想要抹煞他

們存在過的事實。

「這樣的話，」她先是一頓，再說：「就是在死後的世界再死一遍吧。」

我沒有回答。在零和空間，我們甚少談及生死。經歷得太多，更難下定義。有人認為死後來到孽債府，清算債務好比重活一遍，那其實是生；又有人認為即使投胎轉生為人，也是為下一次的死亡作準備。生與死，或許你也可以這樣理解。

「所以在眼前其實只有兩種選擇，」我雙手交叉，在高台之上俯視死者：「還債，或消失。」

她遲遲不作答，那是倔強在逞強。

「你可能覺得還債要用上一生，很長。」不知何時被天兔的壞習慣傳染，我竟在把玩手上的算盤，將算珠撥上又移落：「可是一生再長也有盡頭。」

或者她也害怕靈魂被吃掉，也怕自己的存在被抹煞。最後她還是同意前往轉世，向鋼琴家還債。我拿著算盤，在酒櫃前苦苦思索該採用哪種還償方案。此生摧毀了他的夢想，在來世只要讓他圓夢即能緣償。至於孽償，則要讓她經歷一遍他在此生受過的痛苦。

痛苦嗎。

斷指和夢想破碎，哪一樣比較痛？

我在酒櫃前折騰了好一段時間。她看我這邊把龍舌蘭倒了半勺，那邊又撒下一把月亮粉末。她千方百計想要問出配方的公式，我說這些都是零和空間的機密，絕對不能向死者洩露。況且，設定來生是我們的工作。

「你們只管注射就好了。」說罷，我把針筒放在銀盤之上。

看她默默地把針鋒對準手臂，刺進皮膚的一刻眉頭緊皺亦不叫痛。就像此生，大概活得多苦也不抱怨，只因她堅信一切痛苦或歡樂都是被支配的一環。我將算盤上的算珠打回原形，一下子就清盤。此生即使再苦，亦過去了。

「現批准你轉生還果，用一生向陳符還債，化解怨念。」針筒內的配方大多都是透明的液體。只是這次加上月亮粉末，使它在某些角度的映影下閃爍生輝。

我從高台步下，她並沒有跟著我走，倒是佇立在我的屏風前。

「獵戶座。」她在屏風前像自說自話般低喃。

　　我的答話也是相當的不確認：「是……？」

「我是說，這個星座。」她指著屏風上的零落星光，眼梢也不瞧一下我這邊。我頓時覺得很難為情，她又繼續說：「獵戶座是天空上，最亮的一個星座。」

　　我輕笑一聲：「那我就當作是讚美，老實收下了。」

　　經過在孽債府等待核債的死者，見她走過總會不禁回望兩眼，就像注射的月亮粉末一樣閃閃生光。站在這個距離，我才發現原來她身上也有死者的氣味。雖然這股使人厭惡的氣味比起一般死者的已經要少很多，我仍然不禁大失所望。

　　我還以為，她是個有那麼一點點不同的女生。只可惜智商一百五十還是會有生老病死，畢竟她還是一個人。

　　看她的側面，輪廓仍然分明。幾縷沒被束起的青絲在後頸披散，恐怕連她本人也注意不到。面對周圍的目光，她看似也毫不在意，自顧自地昂首闊步。我記得她在香爐前說過，她在此生從來沒有心動過。這話不可能是假的。因為在香爐前面，誰也沒辦法說謊。

「雖然活得不久，但找個人陪伴或許也無妨。」我看這張臉在人間必定不乏追求者。活了幾十年，一直心跳卻不心動。想起天兔這種

失了七情六慾還會和異性纏在一起的人，就更質疑這種可能性。

「因為我不想帶麻煩給自己，也不想要帶麻煩給別人。」說罷，她的嘴角呈出上翹的跡象。怔了好一會，我才能辨識到這是個微笑。她的五官精緻得好比瓷器，我還以為這張臉的表情早已被封印，一笑五官就會崩壞。

向來冷若冰霜，一個微笑也足以灼傷任何一個人。

她說，因為從一開始就知道自己活不久：「在世時無謂蹉跎別人的青春，離世後也無謂耗費別人的眼淚。」

如果值得，又怎會是耗費和蹉跎。

在前往隔世橋的路上，她被天上的千紙鶴吸引到。我承認她的高智商使我自覺有點給比下去，我重申這不是在逞能，我只是隨手拿起地上的一隻由和紙摺成的紙鶴。隨我輕輕一吹，牠便展翅翱翔，似是急不及待要尋找天空的盡頭。侍者一下吐息，就能賦予靈物生命。她看著變活了的千紙鶴，沒如我預期般笑起來。僅僅是把視線鎖在牠的身上，任牠飛多遠也不眨一眼。

「這樣，」她開腔問道，千紙鶴已經小得變成天幕中的一顆黑點：「就是生嗎？」

她問生和死，是不是只有這一點區別。

她拋下了這樣一道問題，說她以前在唸大學時也和同學討論過。她說她早就聽膩了尼采和佛學家的想法。難得來到零和空間，想聽聽侍者怎樣說。

「你以前也活過，不是嗎？」我不曉得她為何初到零和空間便得悉侍者的事。但她直視人的眼神，就像洞悉一切。我甚至有那麼一刻以為宇宙起源的黑洞正是這顆充滿睿智的漆黑瞳孔。

「侍者都是選擇不去活的人，」我直截了當的回答：「和你們不同。」

聽起來很荒唐，但你們作為人的職責，就是與其他人結怨。結怨，亦等同結緣。

帶著人間孽債來到零和空間，無論你願不願意，轉世後仍能和那個人遇上。可是我們不同，我們沒有這種能耐。一輩子的時間有限，我們一個人離開零和空間，也一個人的回來。沒被任何人記住，也沒有記住任何人。簡單來說，我們活得一點都不深刻。

白活一生過後的這種失落，其實很難受。

「就把活著想像成一場考試。你溫習過好多個晚上，也赴考了每一

場。到了放榜日，有人拿到了好成績，憧憬著大學的新生活；有人表現差強人意，躊躇自己拿著這個分數該重讀還是工作。大哭大笑都是情緒，可是我們不同。

我們的成績單，是一片空白的。儘管成績未能反映你的能力，至少能印證你的存在。空白的批文就好比我們從沒存在過。在人間的人都拼上了十分的努力才能生活，最後卻連一點存在的證明亦無法獲得。

人生在世，活著的證明正正是要靠別人在我們身上留下孽債。

要不然，讓別人欠下我們亦可以。只是我穿著黑袍，留在這個地方。那就說明了我沒記住別人的能力，也沒被記住的能耐。」

「我可以理解為，」她聽下這麼多話，彷彿不用透過思考就能消化：「你在害怕嗎？」

「我們是不會害怕的。」我說在入職時早就把七情六慾抵押，所以我們不會快樂，不會悲傷，更加不會害怕。

「可是你正是因為害怕，所以才成為了侍者。」她把目光放到天幕之上：「不去活，就不可能再失落。」

　　繁星的光芒可能並不耀眼，卻是人類在拼命生存的證據。

我逕自往前走向轉生處，沒理會她到底有沒有跟上。或者她說得對，我只是不願承認高台下的死者原來比我要勇敢。活著太難，拋下如意結的我們都怕。

輪迴旋處是轉世的最後一站。投胎之時死者會經過一個輪盤，輪盤會決定死者的先天因素，包括出生地、家庭、基因、外表、智商，還有最近常被抽中的先天疾病等等。要是死者的某些選項已被孽債府設定過，就會直接獲得那些設定。其餘的就交由輪盤隨機決定。因果以外的隨機，才是人間所謂的「命數」。

確保她拿好如意結後，我對她說只能送到這裏：「過橋後，就會有人接你。」

「待我再回來零和空間時，」她不蹭磨也不留戀，隻身踏上了隔世橋：「你再回答我。」

她走得很快，我連往生快樂也來不及說，捕夢網的入口就關閉了。不少死者在轉世前，都會給侍者留下一道問題。然而，智商一百五十卻給我留下了一道命題。那是一道我們最怕卻每天都要面對的命題。

果

　　或者是我精神恍惚，總感覺這次的轉世通知來得特別快。可能是我太久沒服龍蜒草的緣故，近來工作太忙，在福利署領完之後就擱在一旁，連靜下來服用的閒暇也奢侈。我打開黑色信箱，取出屬於司徒氏的批文和菲林底片。心底在盤算，快點看完就掛牌休息，下一局算盤棋再服吧。

　　之前提及過，接到轉世通知，代表死者已經活完了一生。我不禁想起她叫人驚艷的臉孔和智慧，還有死於心漏病的前生。拿起輕飄飄的菲林卷，一種不祥的預感在漸漸變亮的投影機悄悄滲出。

　　因為鋼琴家的怨念深重，她要還債自然得花上更長的時間。為了確保她能活到那個時候來還清債務，我特意在配方之中加入月亮粉末。半勺龍舌蘭加一把月亮粉末，那是「長命百歲」的配方。

　　這樣的話，即使她在投胎時再次隨機抽到早逝的設定，產生衝突，孽債府的設定還是會作為大前提，讓她活到一百歲。這個是她在前生種下的果。因果輪迴，她必然要活到那個時候，向鋼琴家償還孽債。

　　以前從來不覺得，等待投影的五秒可以這般漫長。

「零」

「這是不幸。」

年輕女生拿著一張薄紙，一臉惋惜地向旁邊的男孩這樣說。女生看起來年約二十，一身素色長裙，她向男孩說只差幾分就能合格了。五級不容易考，而且他只有這點年紀。

「這次就當不走運好了。」她向男孩牽起一個暖和的微笑。

她在此生沒上世般標緻，唯一不同的是雖然那雙明眸仍然擁有想要看穿別人的魔力，但是前生的眼神像劍刃一樣，想要刺穿別人；而今生的眼神，卻是柔情似水的滲透。

狹小的客廳中央擺放了一部直立式鋼琴。這個十歲的男孩正是鋼琴家陳符的轉世。陳符二世的天賦遠遠不及前生。他已經忘記，自己在前生的十歲時已經時常參加比賽，屢次獲獎。因而被一名俄國大師看上，招收他成為徒弟。大師將一切傾囊相授，使得他在前生一帆風順地步入職業生涯。

可是今生的他在十歲時，只是一個十歲的小孩。最喜歡在公園和其他小孩玩捉迷藏，跌得頭崩額裂也不管。母親一個朋友的女兒剛上大學，教小孩彈鋼琴作兼職。她逢星期天的下午都會來到他的家中，為他上一個半小時的鋼琴課。

在她眼中，這個男孩雖然比較頑皮，有時還會打瞌睡，可是她

看得出其實他的資質也不差。母親說他一星期就抽半小時來練琴，出來的效果也不太壞。說不定再用心一點去指導他，將來會成為大師呢。她想到這裏，就不由自主的發笑。

後來，司徒寧二世從大學畢業。她在大學修讀金融，可是她根本就對紙醉金迷的世界不感興趣。她在學時到過投資公司實習，她覺得板起面孔、不苟言笑的生活實在太累了。離開校園，她決定繼續以教琴為生。

看到這裏，司徒寧的一生仍然依照我的設定來走。

在她來到二十五歲的一天，陳符二世已經十五歲，不再沉迷於捉迷藏中的勝利。上了中學世界變得更大，沒變的是他還在向她學琴。她總會為他準備好年輕人愛好的流行曲譜，希望讓他更用心學習。她的琴袋用紅繩繫上了一個鈴鐺。每逢週末，他只要聽到走廊傳來鈴鈴聲，就知道是她來了。

然後一天，司徒寧二世突然說以後都不能再來上課了。他大驚，追問原因。他以為是自己的怠惰讓她失望，還答應她說半年內就能考到演奏級。她搖搖頭，神情痛苦但仍然溫柔：「不是你的問題，而是不幸啊。」

她說，前陣子身體檢查時發現腦內有個腫瘤。不能切除，只能靠化療。接下來的時間都要安心養病，不能再這樣奔波。

「那麼，你的比賽呢？」他突然想起，她在數個月前曾提及過自己要參加比賽。獲獎的話就有機會到海外演奏。

她只好苦笑，說：「可以的話，就請你幫我實現了。」

夕陽西下，走廊傳來最後一次鈴鐺聲，兩人自此沒再相見。直至她因腦瘤離世，再沒拿起過琴袋。上面的鈴鐺紅結，仍然沒有解開。

咔嚓。

幾顆火屑從投影機彈出，司徒寧二世沒能活到最後。她和陳符在此生有了該有的羈絆，事情的進展直到她患病之前都一直順利。她在二十五歲時應該要去參加新人比賽，然後獲獎，而不是在醫院孤伶伶地死去。

這生的結果實在太奇怪，她連續兩輩子都得了致命的重病。因為太早就離世的關係，留在她身上孽債還沒有解開。還有，最可怕的一點是我明明在設定時加入了「長命百歲」的配方。

那就是說，我的設定……**沒有生效**……？

時至渡橋忘

時

　　孽債府的存在是為了讓死者能夠向前世所欠之人，償還情債。所以，因果輪廻是一種不可逆。欠債必還，這個定律凌駕其餘的一切。

　　如果設定不奏效，司書以至孽債府就再沒有存在的價值。向城隍爺報備的時候，他的臉色越來越沉，卻不發一言。眼前就是偌大的高台，頗有城牆的感覺。我將輪廻旋處寄來的菲林底片，還有司徒氏的批文一併呈上。在投影機放映過一次後，底片已經被銷毀，然而批文上面卻仍然寫有她所欠陳符的債務。

　　城隍爺雙眉緊蹙，在整理鬍子，卻像梳理思緒。突然，高台邊緣的銀盤傳來微弱的撞擊聲。我抬頭一看，那是一塊手心般大的木牌，旁邊還繫著一朵無常花。

「這是路引，你拿去吧。」城隍爺對我說。

　　我戰戰競競地把木牌接過，我認得這種紋理是無憂樹獨有的。路引寫有一個梵文詞彙，我想大概是通行証之類的意思。輕輕一摸，墨水還未乾透。城隍爺小心翼翼地把一根漆黑的羽毛擱在墨硯上。

　　烏鴉是零和空間的靈物，除了負責在人間為速報司領路，它們的羽毛還能寫出眼淚。在死者看來，世間一切眼淚都是透明的，只有侍者才能看出是黑色墨水。所以我們都習慣用烏鴉羽毛作筆，

不用沾墨就能源源不絕地寫。侍者身上的黑衣，亦是以牠們的眼淚作染料。

城隍爺續話：「你去輪廻旋處，把死者接回來。」

輪廻旋處是輪廻之路的最後一站。不像備份館和侍者福利署這些內部機構，這些會接待死者的部門一般是嚴禁其他侍者內進。所以平日在孽債府也不見有別的侍者來訪。可是有城隍爺的路引，基本上在零和空間就能一路無阻。離開孽債府後，我乘著千紙鶴很快就到達了輪廻旋處，亦即這裏和人間唯一的接合點。

所謂「輪廻旋處」，是一個極其龐大的天文鐘，在廣袤無垠的空地豎立。在人間一個叫布拉格的地方亦有一個同樣的，用作標示天體運行。在這裏，天文鐘的刻度除了標有人間的時間和日子，還有世界各地的城市標誌。天文鐘像土星，永遠有一個行星環在周邊廻繞，斗轉星移亦從不離棄。

時針指向哪地哪時，即代表出入口的另一端。行星環一直運轉，沒有一刻停下。輪廻旋處是零和空間唯一一個標有時間的地方，所以在這裏工作的侍者叫知更，以天干地支命名。他們看準天文鐘上的時間地點，把死者送往他們該到的地方投胎。

鐘盤中央是個大廣場，設有兩個出入口，一南一北極其遙遠。位於南的出口叫「海門」。海門是通往人間的出口，死者作好投胎

的準備就能走進海門，戴上牛馬面罩的速報司亦由此進入人間。北方的出口則是「雲門」，為零和空間的入口。速報司帶同陽壽已盡的死者，就是從這裏回來。

海門只出不進，雲門只進不出。輪迴旋處是生者的終點，亦是死者的再起點。南北兩門遙不可及，生死的界線卻極其模糊。

甫踏入輪迴旋處，不斷有烏鴉在上空盤旋，我就知道來對了地方。作為兩間唯一的出入口，這裏的守衛異常森嚴。知更披著長及腳跟的黑色斗篷，背後掛著兩支時針狀的尖戟，走路時不禁鎖鎖鏘鏘。鎮守雲門的知更一臉嚴肅，見我稍為靠近便從背後拔出長戟。指針的尖端直指我的鼻子，不容我接近半分。

「雲門乃死者報到的入口，閒人勿近。」知更的氣場比其他侍者都要強。他目光凌厲，瞥了一眼我的衣著和算盤。得知我亦是侍者後，語氣不禁放緩：「初來乍到的死者還有好一陣子才會到孽債府，司書先生請回。」

知更一直用指針指向我，使我一度覺得呼吸困難。想到這點，我才驚覺自己還沒服用龍蜒草，但當下也容不下我優哉游哉地服用，還是快點辦妥此事就回去。

「我乃奉城隍爺口喻，」我從襟袋掏出路引：「專門前來，護送一名死者直到孽債府。」

　　路引繫著的無常花輕透得發亮，許多侍者在零和空間活了無數年頭，也未曾親眼一睹。眾所周知城隍爺鍾愛此花。見無常花，如見城隍爺。知更一臉錯愕，連忙撤回直指著我的尖戟。

　　很快，雲門湧出一層白霧，我知道那些都是白雲，人間晴天專屬的漂亮物質。速報司穿整齊的全黑緊身西服，烏鴉乖巧地停歇在他寬壯的肩膀上待命。他一手拿著馬頭面罩，一手忙著拍走西服上的雲霞。從人間返回零和空間必先穿過雲層，速報司每次回來都會弄得混身是雲。雲門一向只會有知更鎮守。速報司整頓過後，看見有司書在這裏出現，不禁愕然。

　　知更向他解釋：「城隍爺下令，要司書親自將死者帶回孽債府。」

　　速報司隸屬閻羅的境外迎送部，亦可算是體力勞動，他們的體格都比其他侍者要魁梧。聽說他們入職前要經過嚴格的體能考核，相比之下我們的考核只是打算盤和背誦配方，對我來說輕鬆多了。眼前的這名速報司比我還要高上一個頭，體型也比我要大一倍，看起來氣宇軒昂。

　　「你要的人，就是她？」速報司說罷，把身邊稍稍移開。雲門的中央站了一名少女，她穿著麻質長裙，戴著毛冷帽，正是我在司徒寧的菲林底片看到的人。少女忙著掃走身上的雲霧，見到原本是棕色的裙子被雲染成白色覺得很是新奇。她一抬頭就和我打了個照面。

「好久不見。」我這樣對她說。

　　走過隔世橋，再活了一輩子的她當然不記得我。轉世過後，臉容、軀體和精神都已經完全不一樣。只有靈魂是同樣的，所以司徒寧在上世欠下陳符的孽債仍然存在，不及早處理恐怕不堪設想。

「這個，」少女的聲音把我喚回來。剛死去的人眼中還滲透著活人的光芒，再待久一點就會消失。她眨眨眼睛，問道：「我們認識嗎？」

　　我輕輕搖頭，回答：「這生，不認識。」

　　她笑著蹙眉，不明所以。這生的她沒有智商一百五十，果然就沒能參透我的說話。想到司徒寧和她的反差，我又不禁覺得可笑。眼前的人已經不再是司徒氏，身上卻留有她的孽債。她在前世和今生的名字，我都會牢牢記住。

「死者文氏千愛，我奉城隍爺之命要把你護送至孽債府。」

至

　　離開輪迴旋處，就是黃泉大道。路上有不少跪在兩旁的死者在行乞。初到零和空間的死者文氏不虞有詐，一聲不吭就想要走近其中一個乞丐。

　　我見狀立即將她拉走，嚴厲的警告她：「千萬不要靠近他們。」

　　「為甚麼？」她一臉天真得使我煩躁：「他們不只是想要錢嗎？」說罷，她把口袋翻完又翻，卻只能掏出幾張皺巴巴的白紙。萬般帶不走。人間的鈔票來到這裏只是廢紙，給他們也不管用。

　　他們想要的是龍蜒草。

　　那些放棄轉世而又沒能找到官職的人，會慢慢留在零和空間腐壞，最後變成回憶縛靈，漫無目的也無法自控地襲擊死者。因為一連串的突發事，我連服一株龍蜒草的時間也沒有。看這才不過一段時間，我便已經覺得胸口翳悶，渾身不自在。

　　可想而知，變成回憶縛靈的「人」有多痛苦。

　　她的臉色不禁低沉下來。隨我繼續在黃泉大道上前進，走不了幾步又見到另一個乞丐。這個乞丐的表情相當痛苦，已經沒能跪下，而是在地上苦苦翻滾掙扎。她按捺不住再問我：「難道，也沒有甚麼可以幫到他們嗎？」

　　我看著乞丐，也愛莫能助。我們死去活來也無緣無債，自覺是被人間拋棄的人才決定留在這裏。可是這亦不代表留在零和空間也能找到自己的位置。我能夠遇上城隍爺，是屬於好運。他們沒能找到官職，是他們的不幸，也是一種命。

　　有些人是註定被遺棄的。到了這個地步，或者他們會後悔當初放棄轉生，把如意結拋下三途川。不過在人間活著，再被遺棄一遍又一遍也好不了多少。至少，成為回憶縛靈只要被打散，痛苦就能終結。可是在人間被遺棄，然後不斷轉世，這種痛苦卻是無了期的。

　　況且他去到這個狀態，即使現在我分他一株龍蜒草亦已經無濟於事。龍蜒草屬配給性質，我們可領的份量只是剛好靠自己一人服用，此舉是為了防範侍者非法救助回憶縛靈。要是我把襟袋的龍蜒草分給他，那麼變成縛靈的人就會是我。而且，看來他的時間已經差不多。

　　「差不多？」她一邊反問，一邊追上我。

　　「這人差不多，要變成回憶縛靈了。」

　　「走吧。」我輕輕拋下這句，加快腳步。

　　再不走的話，到他真的變成了回憶縛靈時，作為侍者我見到

就必須要把他打散。如非必要，我也不願意這樣做。尤其是，在善良的她面前。

來到千紙鶴山腳，一般死者的速報司就會離開。千紙鶴高聳入雲，死者需要親自爬到山上才能到達孽債府。旁邊不少死者爬得大汗淋漓，還不過是剛離開地面數十尺的高度。城隍爺說，這是一個讓他們回憶的機會。人類在遇上難關時，總會拚命找出一個讓自己堅持下去的理由。而這個理由，正是他們最珍視的事物。即使他們來到這裏，已經無法再擁有那些留在人間的事，至少能在這裏再回想一遍。況且，做人已經那麼苦，這點關卡算不上甚麼難。

零和空間又沒有時間，就慢慢走好了。

可是城隍爺吩咐過我要把她儘速帶回孽債府，我想走捷徑也不為過。我在山腳拿起一隻紙鶴，一口氣就能令它變活。目睹千紙鶴一下子就變得栩栩如生，她被嚇得張大了嘴。千紙鶴變活後比我們還要龐大，我抓著牠的羽翼一躍，乘上牠的背部。

我向她伸出手。看到千紙鶴巨大得隨時可以把我們吃掉，不安使她踟躕不前。直至我佯作要自行離開，她才肯把手搭上來。死者的手一向是冰冷的，那是接近零點的溫度。她的如是，在零和空間生活的我如是。

千紙鶴聽我一聲令下，立刻就朝著上空飛騰。她初時不習慣

這股衝力，險些就要被扯下去，只好緊緊拉著我的黑袍。可惜的是她始終也是死者，身上還是無可避免會有一股難聞的氣味。

城隍爺彷彿早就料到我們會到達，早早就命人把青銅門打開。她對於自己有別於一般死者的待遇很是好奇，在路上多番追問。我不想把狀況如實告訴她，因為這樣會引起死者的不安。我聽說殘有孽債的事以前也不是沒有發生過。一般來說，只要在再轉世的時候糾正過來就可以。

我不斷這樣說服自己。零和空間的體制運行數千百萬年，一直恆之有效。看著身旁的文千愛，亦即前世的司徒寧。她一定也不會有問題的。

步入工作間我才發現，城隍爺旁邊亦站了一名司書，那人正是金牛座。這種突發事件不常有。以十二星座命名的司書都有一定年資，金牛必定是城隍爺叫來一同商討對策。既然城隍爺打算親自處理她的債務，我便識趣的走到旁邊一隅。她獨自站在城隍爺的高台之下，不禁緊張起來。

「死者，」城隍爺的聲線尤其洪亮：「報上名來。」

她也被城隍爺震懾到，雙手不停揉搓著裙子：「文千愛。」

城隍爺又在把玩鬍子：「你是否知道自己已不在人世？」

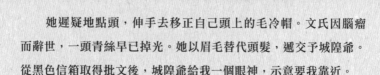

她遲疑地點頭，伸手去移正自己頭上的毛冷帽。文氏因腦瘤而辭世，一頭青絲早已掉光。她以眉毛替代頭髮，遞交予城隍爺。從黑色信箱取得批文後，城隍爺給我一個眼神，示意要我靠近。

我誠惶誠恐地走上城隍爺的高台，能做這種事的司書恐怕也沒幾個。如我在底片見到一樣，紅繩沒被解開，所以批文上留有她在前世所欠陳符的債務。除此以外，亦再沒有其他債項。

「城隍爺，現在是否再次調製配方就可以了？」旁邊的金牛拿著算盤，早在待命。誰知，座上的城隍爺卻久久沒給予指示，害得我和金牛面面相覷，不敢輕舉妄動。

「你本來為她安排了怎樣的還償方案？」

我記得，她所欠陳符的孽債是源於破壞他的夢想。我安排上世的司徒寧轉世為今生的文千愛，作為陳符的鋼琴老師。在前生，陳符超乎常人的天賦是在投胎時隨機得來，今生並沒有抽到這個選項，所以他在此生只是資質平平的孩子。

相反，我卻安排文千愛在此生擁有成名的實力。原本的設定是她於二十五歲時參加新人賽勝出後，有機會到海外深造。可是我設定她因遭到家人反對而被逼放棄，留在這裏找一份安穩的工作。夢想就在咫尺，卻被逼止步。她會感受到陳符上生痛失夢想的痛苦，此為孽償。

　　至於緣償，我本以為讓他在國際打響名堂就好。可是我發現，陳符二世並不是陳符。他在此生的夢想已經再不是當上知名鋼琴家。陳符在上世所背負的天賦太大，大得太沉重。這種壓力好像讓他順理成章地將鋼琴家當成自己的夢想。可是在此生再沒有這個擔子，他只是一個普通不過的學生。他的夢想只是想找一個喜歡的人，過著喜歡的生活。為了讓她親自為此生的陳符圓夢，我設定了兩人自小就認識，就此結下深厚的羈絆。直至她決定和生活妥協，年輕的陳符仍然懷有一顆赤子之心，在失意之時用她教過的音樂，讓她漸漸尋回了失落的初衷。

　　她在上世折斷了他的無名指。隔世之緣來到此生，十年的差別不重要，套上婚戒的一刻，她把無名指還給了他。此為緣償。前生的恨有多深，輾轉間化為今生的緣就有多深。

　　只可惜因為腦腫瘤，她沒有活到最後。她患病的時候，和陳符尚未互生情愫。我所設定的「孽償」和「緣償」都沒有得以進行，金牛向城隍爺展示算盤，示意如果她不那麼早死，照我的設定孽債理應早被化解。城隍爺把玩著粗糙乾旱的鬍子，說可能是在前往輪迴旋處的中途出了甚麼意外，使得一些設定失效了。

　　「你，」城隍爺拿起寫字用的烏鴉羽毛指向我，險些就要搭上我的鼻尖：「有走過輪迴之路嗎？」

渡

「我？」我不禁反問。輪迴之路指死者離開孽債府，過橋後走的一段路。路上還會經過失記食堂和浪花客棧，最後才抵達輪迴旋處投胎。侍者在過橋前就要將如意結拋下三途川，我們又怎會有機會一睹橋後的光景。即使有走過隔世橋，也是很多輩子以前的事了。

在旁的金牛解釋，很久之前他也有遇過設定失效的情況。當時他的死者太大意，在輪迴之路上丟失了如意結，受回憶縛靈襲擊。雖然最後被路過的夜遊神救走，沒影響到他投胎，但設定原來已經受到影響。該名死者帶著孽債回來孽債府時，他們將同樣的設定重新注射一次。那時候在任的城隍爺也有遣派過金牛去護送他直到輪迴旋處。後來孽債在下一個轉世就依照設定化解了。

金牛的話使我暗暗吃驚。原來回憶縛靈作惡時，竟然還有足以影響設定的威力。

「被死前回憶困住的怨念，可是很可怕的。」城隍爺補充道。

如意結由高強的法力編織而成，在零和空間等同護身符。死者始終習慣在人間生活，來到零和空間自然變得弱小，失去回憶後更甚。因此我們在隔世橋前與死者分別時，才會多番叮囑他們要拿好如意結。奈何無論在人間或是零和空間，都總會有意外。

我一直以為，城隍爺自孽債府出現之時就已經存在。可是聽金牛這樣一說，原來他也曾經跟隨過另一位城隍爺辦事。曾經我也

偶有聽說過侍者可以申請調職，不過留在零和空間的人大多都安守本份，所以情況並不常見。至少自我和天兔入職後，孽債府就沒經歷過甚麼人事變動。

眼前的城隍爺又拋下一個路引，撞落銀盤的聲音把我赫然喚回來。「這次，就由你一路護送她到輪迴旋處。」城隍爺向我下達指令：「記緊要親眼看到她投胎，安全抵達人間。」

城隍爺相信，這次的情況亦是大同小異。即使不是回憶縛靈，也離不開是在輪迴之路上出了問題。他根據我原先的設定，拿起算盤，親自在酒櫃前為死者設定來生。我留意到城隍爺還特意加重了月亮粉末的劑量，再三確保文氏會健康地活完一生，直至債務清還。

「死者文氏千愛，」城隍爺親自向死者宣讀：「現批准你轉世還果，用一生向陳符還債，化解怨念。」

城隍爺拂拂袖，算盤上的算珠便順著袖風返回原位。台下的她接過如意結，怔怔地望著高台上的三人。

「你們所說的陳符，是誰？」

凡人只要輪迴就能忘記一切，真好。

橋

就我而言，三途川的彼岸是一種最接近的未知。

我在零和空間就好比一顆齒輪。我知道自己在運作，也知道自己的運轉直接影響著一個龐大的整體。可是我從來不知道我日以繼夜為之而運轉的這個機器，到底是怎樣一個模樣。其他部件和我又有著甚麼不同。

金牛特地送我和文氏到孽債府的大門。藉著這個機會，我故意問他有關城隍爺的事。他說，現任城隍爺以前也是司書，和我們一樣在屏風後為死者處理債務。當時的那位城隍爺請辭得相當突然。沒公佈原因，也不知後來去了哪個部門。孽債府有好一陣子群龍無首，只好由掌管夜遊神的太陰星君暫時統領。不過太陰星君是管治安的，只擅長打散回憶縛靈，怎管得來債務這些繁瑣複雜的小事。於是很快就擢升了一名司書為現任的城隍爺。

「說起來，」臨分別前，金牛像突然想起甚麼似的說：「現在的城隍爺，以前也是獵戶座。」

離開孽債府後，我和文氏一同踏上輪迴之路。我們沿著千紙鶴留在地上的羽毛走到隔世橋入口，還有好幾名死者在前面輪候。她見每個死者和司書分別後都是獨自走進入口，問我為甚麼唯獨她要我護送。

我很糾結應否向死者透露她的前生。一般而言，死者的前生

屬於機密。要不是她在今生的設定出了意外,死者甚少會碰上同一位司書。對於這種情況,我不知該如何向她解釋,只得搪塞過去說:「你就當,自己是幸運兒吧。」

明明她就是萬中無一會在輪迴之路上遇到不幸的人。或許當初我連惻隱之心都一併抵押掉了。

聽罷她笑了起來,皮膚蒼白得和頭上的白色毛線帽要融為一體。面對面看她的時候,我想起了前生的司徒寧。文千愛的輪廓沒司徒寧般精緻,反而今生的一對酒窩更顯甜美。不過如我之前所言,和她對視的時候總會叫人害怕被她看穿。

雖然城隍爺說,死者是在上次走過輪迴之路時遇上意外,因而影響了設定。但是,這人的前世可是司徒寧,一個智商一百五十的女生。我始終不相信,她真的會和其他沒頭沒腦的死者一樣。或者我從遇上她的一刻就覺得她是特別的,所以更不願承認她和其他人都一樣,也會大意和犯錯。

我們走到隔世橋的入口,文氏見到龐大的捕夢網覺得很好奇。我向夜遊神出示路引,見到無常花後他也沒再阻撓。平日,我只能把死者送到這裏。每次我只能在捕夢網中央的圓洞窺看內裏,隔世橋以至整條輪迴之路,在我印象中就只有這一幀畫面。

很久之前的當初,我就是在這裏拋下如意結,放棄轉生。可

是時代太久遠，我已經無法記起這一幕。究竟我當時是懷著一個怎樣的心情去決定永遠留在這個地方。是失望？憤怒？還是害怕？莫說要記起當初的想法。自我們入職，早就把七情六慾抵押，連這些感覺我都早就忘掉了。

作為侍者，必須無情。在心臟停止跳動的一刻，情感亦應隨之而掃空。

有情的話，我們和凡人又有何區別。

「喂，喂。」文氏在我眼前不斷擺手。

我不好意思地苦笑：「抱歉。我們走吧。」明明負責帶路，卻反被死者催促。

入口傳來看似無盡的波濤聲。誰叫隔世橋就是一個讓人情緒波動的地方。橋道狹長，只夠一人走過。我向她說，轉生的人是她，理應讓她先走。

這是我在有記憶以來，第一次踏足隔世橋。地上灑滿千紙鶴的羽毛，大多是灰色，偶爾夾雜幾根艷紅或墨綠色的。艷紅代表牠們憤怒，墨綠代表好奇。千紙鶴由圖案多變的和紙折成，活化後將情緒表露無遺。不像人類，喜怒不形於色。在世時虛偽作假，才會造成那麼多孽債。

　　我回頭一看，入口還未閉上，我仍能見到外面的光景。那端是我待了好幾百、甚或幾千年的千紙鶴山。也許是沒那麼接近星光的關係，這端的天空好像比平日還要暗。只見數隻千紙鶴在旁徘徊盤旋，拍翼時傳出折紙的聲音。

「為甚麼要感到害怕？」她的聲音在寧靜間尤其突出。

　　眼見四周沒人，我才能肯定她在和我說話。

「別開玩笑了，」我向她解釋：「侍者是不會害怕。」這種話，我向你的前生也說過一遍。不過在後面跟著她，的確把我顯得有點窩囊。

「是嗎，」來到這生，她好像還不相信：「我看到了你在入口時的遲疑。」

　　此刻她回過頭來，以一張屬於文千愛的臉龐直視我。我想告訴她，我也看到了你在上世時的樣子。

「橋下這個，是太平洋嗎？」她在橋道停下，扶著只及腰間的欄柵看海。這道問題提醒了我，她已經不是屬於那個聰明得嚇人的司徒寧。事實是，司徒寧轉世後已不存在。即使靈魂如一，這個軀體和精神都是文千愛。

我凝視水面，想要質疑它和生命的深不見底。思考的太複雜，回答只好簡略：「橋下是三途川。」

　　三途川一片蒼茫，驟眼看來和一般大海無異。可是零和空間無緣無故，何來有海？

　　隔世橋下的這片汪洋，都是活人為死者流下的淚。

　　人類過了千百萬年，自詡為高度文明還是沒能把死亡看得開。因為他們的不捨，令死者無法跨過大海到達彼岸，只好搭建隔世橋。

　　如果活人能夠把這件必然之事看開一點，死者的往生之路亦會易走得多。

　　人間並不多人知道三途川的根本是淚海，文氏亦覺得我在編故事。我對她說，若然細意傾聽，便會發現波濤的暗湧其實是啜泣聲。風起雲湧，翻起驚濤駭浪之時，便是嚎啕的哭聲。

　　隔世橋難走，都是因為不捨。

忘

「你看，」她雀躍地指著橋的盡頭：「那邊好像有人。」

我說，那是代表我們快要走完了。隔世橋的長度恰好讓人回想一生。我提醒她要是在世時有甚麼珍貴的事情，趕快回想最後一遍。

文氏回頭對我一笑，說得很輕易：「沒有。」

「這不可能。你不是喜歡彈琴嗎，那些時刻也不珍貴嗎？」我不慎洩出的輕笑好像來得有點輕蔑：「你們可是情感複雜的凡人。」

她一下子瞠目結舌，必在暗暗納罕我怎會知道她生前的事。但她把這些疑問都嚥下來，淡然說出自從她知道自己患上腦瘤後，全副心神都放在治療之上：「我已經，很久沒有想起要彈鋼琴了。」說罷她便撈起長裙的裙擺，加快腳步往盡頭走去。

不是沒有。祇是你還未遇上就被帶回零和空間。本來鋼琴會成為她和陳符的羈絆，讓他們在此生結緣並化解孽債。可是今生完得太早，音樂和陳符於她而言，還未夠深刻。我仍然保持緩慢的步伐。聽她的布鞋踏上橋板，聽千紙鶴拍翼，聽三途川低泣。

我們走到了隔世橋盡頭，一名身穿黑色傳統和服的女侍者早就深深欠下身子。她瞥到橋上的人已經上岸，以極其嬌柔的聲音說：「歡迎光臨失記食堂。」

話畢，她緩緩站直身子才發現橋上不僅有死者。我還未來得及出示路引，她就牽起一抹蕩漾的嬈笑：「看來，我們有貴賓呢。」

失記食堂以孟婆為首，孟姑娘們盤起髮髻，穿著極其華美的東洋和服，黑色絲綢上的暗花若隱若現。在橋頭迎接的孟姑娘為我們引路，領到一條簷廊。簷廊甚具東洋風味，橘子色的燈光顯得格外昏幻。一路經過的趟門都以透光紙封住，卻隱約傳來碗碟的交碰聲。

「我是小雪，有甚麼事情儘管吩咐。」這位名叫小雪的孟姑娘十分年輕，我想她在離世時大概只有十六、十七歲。果然孟婆歸孟婆，孟姑娘是青春得多。眼前的她人如其名一樣肌膚勝雪，烏黑的頭髮盤成狀甚複雜的雲鬢。小雪身形嬌小，和服層層疊疊，在她身上添了不少重量。

她一睨我手上的算盤，不失恭敬地問道：「司書先生第一次來食堂嗎？」

我滿不好意思地點頭，在零和空間那麼多年還是頭一遍來這裏。我看簷廊的另一邊就是一個偌大的庭院，有著東洋著名的枯山水。旁邊種了幾顆矮小的無憂樹，一名同樣穿著和服的孟姑娘在低頭掃葉，甚至沒注意到我們走過。這裏佔地雖小，卻比孽債府別緻得多。

「那位是春分，孟姑娘都以二十四節氣來命名。失記食堂的規模很小，煮食、接待和打掃都要一手包辦。」小雪留意到我的目光，向我介紹著這個地方。她說二十四節氣主要用作區分人間的四季變遷。四季除了為大地帶來不同的景象，在古時節氣對農業相當有貢獻。

「我在零和空間待得可能有點太久，」我自嘲說：「四季對我來說已經有點陌生。」

小雪輕輕掩嘴微笑，反問我：「人間的世界本來也是沒有四季的，司書先生你知道嗎？」她的問題惹起了我的興趣。我故意把步伐放慢，她踏著小碎步，連話也像雨點一樣絲絲絮絮的從唇瓣落下。

人間和零和空間最大的分別，就是人間萬物皆有情。相傳人間的天空戀上了大地，他們開始學會了喜、怒、哀、憂。從此，天和地就有了春夏秋冬。

即使是傷春悲秋，也有叫人眷戀的風景。

「這邊請。」我們貌似走到了簷廊的盡頭。她拉開趟門，裏面是一個約莫二百多呎的空間。地下是乾淨的竹蓆，小雪請我們要先脫下鞋子。這裏沒有椅子，死者都是在座布團上跪坐。我們被帶到了角落的一張矮茶几，文氏的眼神洋溢著無盡好奇，可是看到旁邊死相

慘烈的死者又會黯然神傷。

「他很快就會忘記了。」我在旁邊輕聲說。

　　她聽見我的說話，又把目光投到那名死者身上。他是一個老人，血肉模糊得找不著五官，仔細一看他甚至斷了雙臂。侍奉他的孟姑娘很專業，為死者細心地吹涼熱湯才送到他的嘴邊。孟姑娘把喝完的湯碗收走，才一瞬間，回來之時她問老人的名字已經答不上了。

「這裏是失記食堂，只要一口就能叫你忘卻前生。」我這樣對她說。就像這個老人，他只會記得在零和空間的事。即使看到自己這張模樣，也不會憶起死去的情境。

　　小雪帶來了一本菜單，菜餚分門別類，方便死者挑選。她細心地為文氏介紹菜單，連顧及素食者或回教徒的菜品都一應俱全。她翻開湯品的一頁，說這款「媽媽煮的老火湯」很受歡迎，逾半的死者來到都點這款。文氏不假思索就點了一碗。反正失記食堂的菜品，只要任擇一款都帶失憶之效，選哪款都沒差。不過既然來到此刻，大部分人都會選擇再回味一遍母親煮的湯。

「才不是呢。」文氏打斷我的說話，壓低聲線在我耳畔說：「我媽從來都不進廚房。」她說，倒是想看看這裏會呈上甚麼來。

聽罷我不期然哂笑，真虧她能想得出來。其餘在失記食堂的死者都是獨自一人，有個中年人一邊喝湯一邊笑著流淚，恐怕他是真的嚐到了母親煮的味道。碗中物的熱力是真實的，宛如佝僂的母親就躲在食堂的廚房，為他煮上最後一碗湯；又有個打扮時髦的年輕人點了一大個木桶啤酒，和旁邊侍奉的孟姑娘相談甚歡。在人間他千杯不醉，許多晚上在宿醉間徘徊仍然無法忘掉前女友。在這裏，呷一口就能忘得一乾二淨。

碰杯聲叮叮鏘鏘，橘子色的燈光下觥籌交錯。失記食堂大概是零和空間最多歡笑的一個地方，或者是因為在這裏任誰都可以真正忘記。

「久等了。」小雪用木盤端上了一碗熱騰騰的湯，點點油光沿著碗邊浮游。驟眼一看沒有湯料，只有冉冉上升的蒸氣被燈光照得現形。

文氏和我交換了一個使壞的眼神，輕輕把湯呷了一口。五官隨即皺成一團，她把湯下嚥了，卻吐出一句：「很鹹欸！」

小雪用和服的長袖掩嘴而笑，問道：「小姐，請問你叫甚麼名字？」

文氏沒想太多，想要開口之際卻把話噎在咽喉。有口難言，死者在剛忘卻的時候都是這個模樣。她看著眼前的小雪，又一瞟身

旁的我。她突然揚聲：「獵戶，我們為甚麼還在這裏？」

　　我被自己的名字嚇倒，連忙望向小雪。她解釋失記食堂只能讓死者忘卻前生，卻不會使她忘記在零和空間遇上的人和事。可是投胎後，母體的羊水亦帶有消除記憶之效。在胚胎的十個月，足以讓他們慢慢忘記在零和空間的一切，出生時就準備好在人間又活一遍。

　　失記食堂的服務相當到位，小雪堅持要把我們送到門口。她故意叮囑我，死者好不容易才忘記了前生，就不要再用那個名字喊她了。此時我才留意到，小雪穿的和服上印有雪花狀的暗花。剛才在庭院掃葉的春分也回到了食堂，身上的黑和服則印有櫻花圖案。

　　零和空間偶爾也會掠起微風。只是這裏從來不會太冷也不會太熱，或者是因為我們都沒有體溫。四季的風景，都是人間專屬。可是零和空間擁有溫柔怡人的二十四節氣，也不差。

　　小雪伸手為我們撥開門前的布簾，隨即傳來海浪濤濤的聲音：「輪迴之路的下一站是浪花客棧。沿著光一直走，岸邊那一棟就是了。」

　　外面雖然昏暗，但岸邊掛上了一列紅燈籠，把死者引領到一棟宏偉的建築。說罷，小雪再次向我們深深鞠躬。我和文氏走不了幾步，便聽到身後傳來急促的腳步聲。

「司書先生，請……請等等。」說話的人是小雪。她被和服限制了步伐，碎步使她走得很慢。我著文氏繼續往前走，自己則停下了腳步。

小雪情急之下拉住了我的衣袖，欲言又止：「可能有點冒昧，但你們……最近，孽債府工作忙嗎？」

「不忙，不忙。」我不經思考就脫口而出，補充說：「我們可閒了。」

「是嗎。」小雪把頭低下，劉海使我看不清她的表情。

我試探似的問：「有……有甚麼事要幫忙，隨便說就好。」

她尷尬地苦笑，雪白的臉頰泛起一層紅霞。其實任死者長得多好看，身上總會有一陣難聞的氣味。像我們的侍者就不同了，好歹也是同行。

她顧盼四周，再次確認附近沒有人在看。雖然小雪沒司徒寧長得那麼標緻，也沒文氏那種率真，不過這種溫柔也夠引人入勝。穿著木屐的她吃力地踮起腳尖，湊到我耳邊輕說。

「回去後，可以幫我問一下天兔甚麼時候再見面嗎？」

客願墮棋局

客

　　沿著失記食堂外的燈籠陣直走，就是浪花客棧。岸邊掛滿紅彤彤的燈籠，裏面的火光搖曳不定。這些直筒式的紙燈籠不用蠟燭照明，也不用燈泡。點亮燈籠的，都是孟姑娘們所飼養的流螢。

　　浪花客棧是一個讓死者等待轉生的地方，就在三途川旁的岩石上聳立。沿海而建，從窗外望開只見岩石的三尖八角將一片淚濤打碎成散落的浪花，客棧因而得名。它的外牆由馬賽克作裝飾，以彩色玻璃小碎片砌成複雜的圖案。仔細一看，馬賽克砌築的圖案都和零和空間有關，有流螢也有千紙鶴，甚至還有城隍爺鍾愛的無常花。加上旁邊燈籠陣的映襯，散發著一種文明的瑰麗。

　　浪花客棧的首長是燈神，籍貫中東。在人間，燈神和窮小子阿拉丁的傳說故事早就為人樂道。只是故事歸故事，就像燈神是住在浪花客棧而非屈就於一盞燈之中，很多情節都是人類想像力過盛的產物。

　　我不清楚燈神在人間的形象，在零和空間的他則是一個患有潔癖的中年男人。他頭戴阿拉伯式頭巾，臉上沒有鬍渣。腰間總是繫著一條白毛巾，把客棧打理得一絲不紊。到處瀰漫著一股不知名的香氣，大概是某種香料，想必是為了掩蓋死者身上的氣味而設。因為他的關係，客棧內部的裝潢亦帶有濃厚的中東色彩，正門前有一座龐大的油燈雕塑作為地標。一進門腳下便是波斯地毯，頭上是無數個土耳其玻璃燈罩。萬千燈火穿過彩色玻璃，折射成一圈圈光暈。這個地方誠然不負燈神之名。

在這裏工作的侍者叫小二，負責照顧入住的死者。他們和燈神一樣戴上傳統頭巾，也像人間的大排檔伙計，耳後卡著一根烏鴉羽毛，能夠寫出牠們的眼淚。

客棧僅供未到時候轉生的死者入住。若死者來世無債要還，或要還債的人已經在零和空間，這種死者直到輪迴旋處轉世即可。死者抵達客棧後，小二會為他們重新查閱一次批文。看到那個刻有梵文的黑色信箱，我就知道做法和孽債府無異，查看批文能夠得知所欠之人是否尚在人世。以文氏為例，她的來世要向陳符還債，然而陳符還未來到零和空間，她也不能自己先去投胎。浪花客棧正是為了這種情況而存在。

小二為她辦好入住手續後，指示她只需用如意結就能開啟房間的門鎖。入住的死者都已經到過失記食堂，被洗掉了在生時的記憶，當然也不會記得自己的名字。在浪花客棧，死者都以房號來稱呼對方。正如文氏也不再記得這個名字，來到這裏她只知道自己是在等待轉生的住客。

始終不是每個死者必經的地方，客棧顯然沒有孽債府和失記食堂般忙碌。客棧的間隔其實有點像人間的舊式公共屋邨。樓高十多層，採用中空設計，從地上抬頭望就是夜空。每層大概有三十來戶單位，清一色的鐵閘外面都放有一個小燭台，上面刻有房號，亦即死者在這裏的稱謂。

生前人以名字相稱，死後以數字相遇。名字蘊含的意義，必然比死後門牌的一組數字要多。正是因為人的姓名簡單兩三字已經蘊含了太多情感，意義太大，所以在失記食堂後才沒有足夠存在的空間。

客棧的地下是大堂。一列櫃檯招待著不同死相的死者。登記入住時，小二會將他們的批文掛到後方的牆上。牆身掛滿圓形燈泡，烘托著批文。幾名小二戴上金絲眼鏡，金睛火眼地觀察著牆身上幾百張棕色紙卷。

批文上寫有舉債人的名字，生者的名字遇熱便會發亮。要是燈光熄滅，代表那人已經離世。舉債人一旦準備好投胎，小二就會通知欠債人退房，前往輪迴旋處投胎。換言之在陳符二世離世前，文氏都得待在客棧，奉命護送她的我亦如是。

我在大堂看著不同的批文並列。每過幾分鐘，批文上的一個名字就會熄滅，小二又會把一名死者送往投胎。我探頭望向上空，天幕也真的好像少了一顆星。然而，人會停止呼吸，心臟也會停止跳動，可是靈魂基本上是不會「滅」的。死者轉世，正是帶著同一個靈魂，用另一副軀殼去還債或討債。

浪花客棧的外面有一片沙地，可算是公共空間，讓等待轉生的死者消磨光陰。十多個死者正在沙地圍坐，我和她正好走到附近。這些死者的氣味霸道地充斥著嗅覺。至今，我仍然不明白為何他們

每一個人的身上都會帶有這種氣味，而像我一樣的侍者又會對之如此反感。

在零和空間死者的衣物都會被雲層染成白色，但透過他們的衣著總能猜出故事的一角。畢竟，這個模樣正正就是他們死前的樣子。在沙地的死者有一個壯碩的男人身穿消防員制服，染成白色仍能看出燒焦過的痕跡。旁邊又有一個身穿婚紗的女死者，哪怕禮服本來就是白色，來到這裏意義已經截然不同。

這些人已經失去了前生的記憶，只剩下在零和空間遇到的一切，沒甚麼好談。消防員從燈籠陣中拈來了一隻流螢，又不知從哪找來了一堆柴枝，在中央熟練地搭建起一個篝火。其中一名死者身穿白襯衣，説消防員必定是在工作中殉職，是個英雄。消防員一瞥自己的衣裝，這個或許也是他兒時的夢想，但他似乎已經想不起自己為甚麼會穿上這套衣服。他只好苦笑，説可能他是一個臨時演員，在當替身的時候不幸遭遇意外才來到這裏。

大夥兒聽罷哄堂大笑，穿著婚紗的女死者也猜測自己可能在婚禮當天被悔婚，傷心過度而自殺。別人都説女人結婚當天最美。她説這樣死了也好，讓她可以美上一輩子。

於是死者們開始了一個遊戲，根據該人的衣著輪流猜測他是因何而死的。我不得不承認這是個頗有趣的遊戲，但侍者早就對一切喪失興趣，我亦無意參一腿。輪到了一個衣衫襤褸的老人，大家

都說他是露宿者，就算不是餓死也會老死吧。然後到那個穿白襯衣的人，有人說他是因為工作加班，過勞死的。

我和文氏挑了一塊比較平坦的石頭，並排而坐，聽他們繼續開玩笑。這夥人永遠不知道自己甚麼時候需要退房，前往輪迴旋處。就在不知何時結束的限期前，貪婪地快樂。她低聲問我既然是侍者，是否就知道這些人到底是如何死去的。我說我不知道，即使現在給我一個插上吐真針的香爐，這些人已經失去了前生的回憶，也不能透過自述來獲得備份。

零和空間以隔世橋作分界，過橋以後這邊已經不是孽債府。人的前生於這邊岸上，再不重要。

「那麼，你至少記得我是怎樣死去吧？」她試探般的問我。

「記得。」我坦然承認。她明明知道我並沒有在失記食堂喝過湯，也知道我不能透露她的前生。

她只看海，始終沒看我：「失憶自身不可怕。當你質疑它曾否存在，就變得可怕起來。」

她說只要有人記得，哪怕只有一個人記得，她也算是存在過。這種到底是豁達還是溫柔。

　　緬懷這種情緒是會傳染的。雖然嚴格來説我在執勤，但她應該不會介意吧。

　　我從襟袋中掏出剩餘的回憶草。相比之下，煙草傳來的海洋味和三途川的海洋味兩者原來還是有差別的。可是為何我會覺得，煙草那種好像比較真。流螢在煙草的末端降落，不動聲色的開啟某人生前的回憶。或許是我，或許不然。

　　煙霧越來越濃，她還在旁邊，只是眼前好像已經不是三途川。如果此刻我倆不慎睡著，或許夢就會連在一起。

願

　　吸回憶草就像踏進圖書館，隨便挑了一本書然後隨手翻開一頁
來讀。透過周遭的事或人去推測事情的原貌。當中最使人成癮的，
是它像夢一樣永遠不知道從何開始，也不知道何時完結。

　　然而，並不是每一次都那麼幸運的。上次我在回憶草看見一
個喜歡雲朵的女生，而且她還和我說話。這種情況並不常見，像我
今次不走運的，就只能看見一片無垠的海，百里無人，我獨自一人
坐在沙堆之上，直到太陽落下，直到回憶草燒光。

　　風一吹過，眼前影像就化作三途川上的浪花，落入大海也就
如她所說的無憑無記。雖然也會失望，可是我能理解的。畢竟，人
生大多時間就是這樣無聊。

　　突然一名小二從客棧奪門而出，朝沙地方向連跑帶跳的走。
那群死者正好談到在失記食堂接待他們的孟姑娘，小二的出現把話
題和氛圍都剎住了。

　　「七樓十八室。」小二彎著腰，上氣不接下氣的說：「你的舉債人
已經到了零和空間。」說罷，眾人的目光都落在婚紗女的身上。小
二這話代表，她的時間已經到了。

　　在浪花客棧，死者退房時都會有一種特別的儀式。在阿拉伯
的神話故事中，燈神住在一盞金色的油燈中，只要輕拭就能獲得三
個願望。在這裏，誰都不清楚燈神有沒有實現願望的法力。可是在

每位死者離開客棧時，都會在客棧門前的油燈雕塑前拭一下，拿個彩頭，寓意轉生一切順利。

小二拿來了一個孔明燈，用烏鴉的眼淚寫上婚紗女生前的姓名。他把幾隻流螢趕進了孔明燈，本來扁塌的紙燈籠慢慢受熱而膨脹起來，繼而遠離地面。孔明燈沒飄得很高，只是剛好在婚妙女的眼前引路。她提著累贅的紗裙，踏著壞了一邊跟的高跟鞋離開浪花客棧，往失記食堂的反方向走。

婚紗女走了，沙地上的火篝還未燒完。眾人返回剛才的位置，只是圈子好像又小了一點。他們沒有繼續孟姑娘的話題，反而談起了來生。

「她的來生，會得到幸福吧。」穿白襯衣的男人一直沒看過來，雙眼定在火篝之上：「司書先生。」

我這下子才發現他們早就注意到我，也許一身黑袍在死者當中實在太顯眼。我不知怎樣回答他的問題，只好敷衍了事：「或許吧。你們只是萍水相逢的過路人，不必如此上心。」

我說這話是真誠的。面對那麼多死者，要是為每個人都擔憂的話，我們可忙不過來。

「或許不只是萍水相逢。」白襯衣男遠遠向我遞出自己的左手，說：

「這枚戒指，我看到她的手上也有一枚一模一樣的。」

　　空氣凝結下來，大概誰也沒想到圍著火篝的小圈竟然潛藏著這樣一種可能。多數人相信是世界太小，只有少數願意相信是緣分太精準。

「即使你們生前的確是情人，現在她已經前往轉世，而你仍然在這裏。」一想到在這裏的人隨時就要退房，沒那麼多光陰好虛耗，我就直接點對他說：「那就代表她所虧欠的人不是你。」她的來生，要向更重要的人還債或討債。

「而你亦如是。」我向白襯衣男說，他的批文上也肯定寫有另一個人的名字，所以他才會在這裏。批文上不留名字，代表你們都沒在對方身上留下的孽債。

「可能我們的確深愛，所以才不欠對方。」白襯衣男反駁：「照你這樣說，待對方好，來世反而不能相見？」他還出言不遜，說孽債府這種道理實在太荒唐。

「那你就錯了。」在高台上見過那麼多死者，我聽過不少說法。有人像襯衣男所說，深愛是兩人互相千依百順，無盡遷就；也有人說深愛是為了成全而放棄。這些說法才最荒唐。

　　我舉起象徵人類七情六慾的算盤：「孽債源於人的慾望。生

而為人，必有慾念。任何感情論到最深，都必然自私。」所以，偉大的人並不偉大，只是該人未能令你自私。

籌火在沙地孤鳴，圍在旁邊的死者沒有說話，包括戴著毛線帽的她也落下空洞的眼神。於生者而言，這些說話可能過於沉重。因為真實，才會沉重。如果把萬物都放在天秤之上，就會知道只有沉重才有價值。

不自私的感情，都不真實。縱觀在獵戶座屏風後的死者，有債之人無一不自私。投下最真實的怨和恨，種下孽債才能敵過輪迴轉世，在來生重遇。

我獨自繞到客棧的後山，挑了一個隱蔽而且好躺下的樹蔭，又掏出了那堆枯草。

「司書？」叢林中突然冒出一把聲音，嚇得我把回憶草都丟散一地：「這個地方，怎麼會有司書？」

我甫定下神來，才頓覺這根本沒甚麼好怕。我從容不迫的反問：「這話該由我說才對吧？這種地方又怎會有人？」

矮叢顫動起來，走出了一個上身一絲不掛、頭戴阿拉伯頭巾的男人：「這裏可是我的地方。」

「燈⋯⋯燈神大人。」好不容易定下的驚魂又要四散：「我來替城隍爺辦事，我⋯⋯我有路引的。」我狼狽地想要掏出路引，卻又不慎扯出更多回憶草。

　　說罷，他用手上的白毛巾拭擦樹叢的枯枝。我本也覺得奇怪，出名有潔癖的燈神大人怎會委身到這種地方。我頓時明白了，他已經是達至病入膏肓的程度，只要是他的管轄範圍內，即使連地上的枯枝都要一塵不染。

　　他用手輕輕制止我的動作，我才發現他是隔了一層白毛巾來碰我的。

「年輕人，沒特別的就別碰這回事了。」他的語氣比我想像中還要溫柔，和他袒胸露臂的形象很是違和：「傷身不要緊，傷心才要命。」

「知道。」我盡可能卑微地回答，聽起來卻更覺敷衍。

　　還好他不在意，又問我：「不如意的話，我送你三個願望吧。」

「真——真的？」這話落到我耳中，就似是心臟也能重新跳躍起來。想不到，原來人間也有靠譜的神話傳說。

「嗯，真的。」他正經八百的說：「兌現的方法，就是真心真意地

請求能幫你實現願望的人。」

　　聽到這種答案，我不禁白了一眼。該死的，他差點就叫我相信了。燈神用毛巾拍拍我的肩膀：「年輕人，不可以這麼貪婪啊。」他突然想起接下來還有地方未清潔，匆匆就離去。

　　我蹲下來，慢慢撿拾地上零散的回憶草。沉溺於不知何人的回憶，是我們在無慾無求下的貪婪。

墮

　　忘了這遍在回憶草嚐到了甚麼，反正都是離不開在有海的地方。醒來之時，零和空間的天色還是一個樣。回到沙地，不見任何人，火篝已經冷卻下來。

　　我到她所在的房間，良久也沒人應門，我才開始著急起來。城隍爺是怕她在轉生路上遇上甚麼不測以致設定沒能生效，所以才特意派我護送她，如今我卻把她跟丟了。我連忙走到客棧大堂的櫃檯，小二一如既往的忙著為新來的死者辦理入住。我捉住了一名小二，追問她那個戴著毛線帽的女死者去哪了。

　　「喔，她嘛。」小二好像認識她，我不禁稍為放鬆，他續道：「剛剛退房了。」說罷，他指向天空遠方的一盞孔明燈。

　　我從襟袋掏出一隻和紙鶴，急促地呼出一口氣。牠把雛生的羽毛都掉在一塵不染的大堂，趁燈神氣瘋之前我便攀上千紙鶴，任牠一跌一撞的向輪迴旋處飛去。

　　我指示千紙鶴依著孔明燈飛。輪迴旋處是一個對時間極其講究的部門，所以才會讓手執懷錶的白兔先生當首長，配備分針的知更駐守。死者一旦到達就必須依時投胎，分秒不差。可是我距離孔明燈太遠，而這隻千紙鶴才剛活化，飛不了幾米又急速下降。我讓牠抄小路，好不容易才及時趕到。

　　千紙鶴跌跌撞撞，偏在諸多死者聚集的輪候區停下。活生生的

靈物對他們而言可算龐然大物,突然的從天而降引來一陣騷動。在知更拔出尖戟前,我連忙出示帶有無常花的路引。幾人半信半疑,卻無人敢前來阻撓。

　　我要找的人就在海門前方,剛好準備投胎。我穿過一眾驚魂未定的死者,直接走到了海門。戴著毛線帽的她回過頭來,好像很驚訝。

「已經到了投胎的時間,」知更用尖戟指向天文鐘,分分秒秒從不停竭:「耽擱時辰只會對她不利。」

　　她看我的眼神不明所以,似是在問我是否有話要對她說。或者因為於她而言,我不只是司書,更是一個證明她活過的人。我猛地搖頭,告訴她沒這回事。多說一句話,我也怕她會留戀。

「我只是奉城隍爺之命要看著她投胎,」我說:「無意阻攔。」

　　知更聽罷便卸下戒備的眼神,轉而向她提問:「死者,是否帶好了如意結?」

　　她沒再回頭看我,只是向知更點頭,並出示繫在手腕上的紅繩。

　　知更一下子就解開了如意結,看起來游刃有餘。原本精巧的

結構馬上化成一條平凡不過的紅繩。落在地上的紅繩悄悄顫動，並散發出刺眼的光芒。繩的一端悄悄攀附在她的腳踝，以至裙擺，最後停在腰間位置，嗦的一聲緊緊勒住。

海門和雲門看起來都是一個樣的。城門看似重門深鎖，卻不帶門柄或把手，只有知更和白兔先生才能將門推開。我曾經到過雲門去接她，那時她和速報司一同回來，雲門打開盡是一片雲霧。此時，海門被知更一推，緩緩挪動，我和她都在等著一睹門後的光景。

那不再是雲，而是一片深不見底的海。

「這個就是人間的入口，亡者請速速起行。」知更再次確認她已經繫上紅繩後，一把將她推下深海。急墜的一刻，地心吸力使包圍的空間都變得柔軟。她來不及驚呼，我也來不及道別。

我站到海門的邊緣處看，她墜下之時海面亦沒出現一點漣漪。知更說水平面以下就是命運輪盤，會為她決定設定以外的先天條件。活得輕不輕鬆，除了因果也得看運。除非，零和空間背後還有一個更大的體制是我們不得而知。

離世是雲，入世是海。為甚麼死亡好像很輕，而活著則那麼重。我不責怪世人都想逃避沉重而選擇輕鬆。知更聽畢就辯解，說海門並不是這樣的一個意義。

「海門後的不是海或三途川，而是母體的羊胎水。」知更繼續向我解釋：「會讓她淡忘在零和空間的一切。」

他還說，死者腰上的紅繩會化成臍帶，她已經作為胎兒重返人間了。臍帶掉落就是肚臍，是人的第一個疤痕。

轉世為人，又怎會毫髮無傷。

我患得患失地離開輪迴旋處，覺得這次走的黃泉大道特別長。我往後眺望，天文鐘從不停下去慶賀新生或悼念死亡，時間比侍者更要無情。可能因為這樣，它才這麼強大。

回到孽債府後，我打算先回去獵戶座抽一回回憶草才去溫室報備。二樓是司書的工作間，核債必須用到吐真針和香爐，煙霧特別瀰漫。我離遠看到獵戶座的屏風前，立了一個熟悉至極的人影。

「回來了？」城隍爺轉過身，淡淡的說。

我戒慎地回話：「……死者文氏已經轉世了。」難不成，有人揭發了我和天兔私藏回憶草的事，城隍爺專程來搜證？這趟去了那麼久，說不定他已經找到了甚麼端倪。我應該坦白？還是推搪，抑或裝出一副無知，或者委屈相？

「你知道嗎？」城隍爺伸出滿佈皺摺的手，撫摸輕透的屏風：「我

以前也是獵戶座。」

　　我連忙收起心中湧現的藉口，恭敬地回話：「知道。」

「帶你去個地方。」他拋下這個話，就朝底層大門的方向走去。來不及猶豫，我只好追上他的腳步。看情況，我們要離開蕈債府。

「獵戶，你說我們零和空間有多少個部門。」他突如其來的提問，讓我重拾了當初入職考核的焦慮。

「四十⋯⋯四十二個。」我暗忖，接下來的問題會不會就是將部門名稱全部背誦出來。他點點頭，看似我答對了。慶幸的是他沒追問下去，卻說出叫我更為咋舌的話。

「我們，現在就去第四十三個。」

棋

以我所認知的零和空間部門分為兩大類。一是會接待死者的外部機構，如孽債府、失記食堂和輪迴旋處等等，其餘的都是不會和死者接觸的內部機構。城隍爺口中第四十三個部門，一直不為人知，肯定是屬於後者的內部機構。

我們乘紙鶴來到龍蜒谷的上方。據我所知這附近就只有侍者福利署，再遠點就是備份館，根本就沒甚麼秘密部門。我在苦苦思索，城隍爺一聲令下，千紙鶴便往下全速俯衝。雖說秘密部門的所在處必定很隱蔽，但無論如何也不會想到在龍蜒谷底竟然還有一個這樣的地方。

龍蜒谷底比起零和空間的天空還要陰沉。這裏雜草叢生，放眼已經不見龍蜒草。相信在福利署摘取龍蜒草的人也不會走到這般深，更不會發現谷底有著一扇看起來極其簡陋的木門。在門前鎮守的兩名侍者穿著維多利亞時期的正統服裝，包括雙排扣的黑色絨毛大衣，絲質領巾繫至下頜。兩人一見城隍爺頓覺訝異，二話不說便為我們撥開門前的垂柳。

門外一片死寂，門後卻是另一片光景。那是位於谷底的一個洞穴，樓底很低，要稍稍彎腰才能不碰到頭。這裏的空間也不大，洞頂懸著華貴且浮誇的水晶吊燈，侍者遠比我想像中要多。同樣穿著維多利亞服飾的侍者兩人一組，盤坐在地，中間放有一個國際象棋棋盤。

　　我本以為他們在下棋，誰知靠近一看，他們的手壓根就沒在動，棋子卻懸浮於空中，隨意跳動。仔細看的話，就會發現棋盤上的棋子比起正規的三十二枚還要多很多，而且全部都是一個色的，所以根本就不存在下棋的成分。我越來越想不明白，零和空間為何會存在這樣一個部門，而這個部門又有何意義。

　　「唷，城隍爺大駕光臨也不通傳一聲。」一個戴著高禮帽的男人向我們走來。他穿著一套看似價值不菲的燕尾服，還蓄著捲鬍子：「那讓我們太失禮了。」

　　城隍爺輕笑一聲，和他像老朋友一樣拍肩。我默默在旁觀言察色，看來這人就是這裏的首長。

　　「啊喲，還帶了一個年輕人。」首長留意到在城隍爺身後的我，滿腔熱情的說：「歡迎來到博弈城。」

　　城隍爺向我介紹，博弈城就是不接死者，亦不向侍者開放的第四十三個部門。人間的人常常譬喻人生為下棋，肯定想不到自己在世的舉動，都會變成棋子在盤上的跳格。這裏的侍者叫棋士，然而下這局棋的卻是人類自身。棋士的工作只是透過觀棋來監察人類的行為。

　　聽罷，我連忙向穿燕尾服的男人抱拳行禮：「我是隸屬孽債府的司書獵戶座，想必閣下就是博弈城的首長……」

「呃呃，不光是我啊。」話未説畢，他就指向不遠處一個棋壇。壇上的右席坐了一名和他年紀相若的女子，穿著蕾絲纍纍的西洋禮服，用洋扇掩臉：「我的內子織女，也是這裏的首長。」

城隍爺説，牽牛和織女兩人一同管理博弈城已經有很多年。雖然這個部門名不經傳，兩人卻一直是首長之間的佳話。人間有傳説指每逢七夕，牛郎和織女就能踏過喜鵲橋相見。可是就天空而言，牽牛星和織女星卻是相隔甚遠，足足有十六光年。

在人間望向上空，牽牛織女兩星遙遙相望，正是兩人同坐棋壇，中間隔著一副棋盤的局面。星羅棋布，這四個字竟然可以如此具體。

在零和空間這麼長時間，好久也沒覺得有一個地方可以神奇至此。牽牛星説這個部門不能對外公開，是因為侍者對人間總是抱有無盡的好奇，尤其是我們這些會直接面對死者的侍者。要是將這個可以直播人間萬物一舉一動的部門公開，難免會有人想出手阻礙不公義之事，破壞人間的秩序。

然而，人的宿命兩成是設定，八成是自由意志。即使是零和空間的侍者也不能干擾。

可是我又不禁想起，零和空間不是也有星象學家，負責透過觀星來監察人間的人口嗎？為何又會有博弈城這個同樣負責監察的

神秘部門？

「他們觀星只能知道在世的靈魂數量，好讓各個部門可以分配人手。」牽牛星聽罷，沾沾自喜：「可是博弈城特別在於，可是準確至監察每一個獨立的人。」

「只要有批文，在棋盤就能看到他這一刻在世的舉動。」牽牛星言下之意，即是我們其實根本不用等到死者活完一生，待輪迴旋處傳來菲林底片才能知道他們是否順利還清債務。只要來博弈城一看，就能知道他此時此刻在生的情況。

得知這個事實後我不禁毛骨悚然。侍者自以為清楚這個地方的一切，誰知我們卻一直被蒙在鼓裏。當你得悉事實原來不如所想，就會按捺不住越走越深，企圖去查找更真的真相。零和空間到底還有多少個這樣的地方。

「孽債府要司書在人類活完了一生才可觀看片段，只是為免你們會出手干預棋局。」城隍爺站到我旁邊，看棋子漫無目的地在盤上跳動：「於他人的人生而言，我們都只能是旁觀者。」

我一時之間給不了反應，城隍爺逕自又說：「我帶你來，是想看看那個女孩是否安全無虞，可以依照設定還清債務。」

他將寫有文千愛名字的批文交給牽牛，他看得擠眉弄眼，把

我們領到其中一個棋壇旁邊。牽牛用食指不停戳著自己的下顎，突然指著棋盤上的一隻后。沿著棋盤旁的標記，她正位於第三豎行的第五格，即代表轉世為人已經三十有五。

他著身邊的棋士拿來了一個放大鏡，在鏡中棋子沒有被放大，反而是顯示了在人間的實況。

城隍爺說，他依我的設定為她製成了還償方案，而且還在配方中設定她這生長命百歲，不會再因提早離世而無法履行設定。我們擠在放大鏡有限的圓形外窺看，視角和我們看底片的一模一樣。說不定，菲林底片根本就是從這裏而來的，包裹上輪迴旋處的印章只是掩飾。

放大鏡中的女孩不像司徒寧般冷酷，也不似文氏般婉柔，這生的她是一個活潑外向的女孩。按照設定，她為了孽償而向生活妥協，放棄夢想。而為了緣償，她在人生的低谷，亦順利和前生所欠的陳符締結良緣。

今年她三十五歲，婚後剛好一年。他們自以為克服十年的年齡差走在一起，已經歷盡了艱難。可他們無論如何也不會想到，前生他們是怎樣擦肩而過，大前生她又是怎樣毀掉他的一生，從而結下孽債。

不過要不是前生那麼深的孽，哪來今世這般深的緣。

　　他們興致勃勃地佈置新居，他有風度地幫她解開了紙箱一個難纏的尼龍繩結。看到紅結一解，代表她身上的孽債已被化解。我和城隍爺都不禁鬆一口氣，雖然是折騰了點，但總算辦妥了這名死者的債務。牽牛星還說難得城隍爺來到，沒理由不和他下一局棋。城隍爺見盛情難卻，正想答應卻被一名棋士叫住了。

　　那名棋士正好負責監察剛才的棋盤。才那麼一瞬間，代表她的白色后棋一下子就變成了黑色。我連忙追問這是甚麼意思。棋士不知事情的來龍去脈，直說：「生者為白棋，瀕死者由白轉黑……死後棋子隨繁星殞滅。」

　　我一把奪回剛才的放大鏡，只見她精神恍惚的走向車輛縱橫交錯的大馬路。她好像失去思考能力一樣，漫無目的地向前走。我在遙遠的零和空間沒叫住他，就在身後近在咫尺的陳符三世亦沒能叫住她。

　　城隍爺一面鐵青。他明明親自為她調配了今生要長命百歲，明明債務已經還清，怎麼此生還是會遭遇橫禍。而且，就剛才的情況而言亦不似是單純的交通意外。她死前的眼神，就似是被一股莫名而強大的力量操控著。

　　就像她腦內有把聲音，要她去死一樣。

　　想到這個份上，我不禁起了一身疙瘩。

「她的前生因腦腫瘤而死，」城隍爺的聲音把我散漫的思緒喚回來：「那麼再前生呢？」

「再前生的她叫司徒寧，是個高智商女生。」我想起了她走進屏風的模樣，也想起了她難得一見的笑靨：「因先天性心漏病而死，終年三十三。」

　　說到這裏，我才驚覺原來不光是此生。

　　她身上的孽債，可能已經潛藏三生，甚至更久。

局

　　雖然偶爾都會聽說有孽債未能還清的情況出現，可能是司書計算出錯，或因其他突發情況而導致，但是這些個案大部分都會在隨後的來世及時補救過來。

　　一般而言，靈魂積存孽債不會構成即時的危險。孽障造成的影響會隨著每次轉生而加深，初時只會造成輕微的影響，不會危及性命。可是今生她的意識失常，最後還因而丟掉性命。感覺就像被一股邪力操縱，在城隍爺看來也覺得詭譎。

　　城隍爺的意思是，現在殘留在她靈魂的是多世以前的孽債。隨著多次轉世，一份不明的執念已經操控了她的靈魂，甚至敵過了我們為她設定的長命百歲。

　　「這樣……」儘管對方是城隍爺，我也顧不及禮節馬上反駁：「可是這樣不可能，批文……」

　　「批文的確是沒可能出錯。」牽牛星代為回答：「但有機會因為某些原因，個別債務無法被顯示出來。」

　　「又或者只是顯示了，而我們看不到。」城隍爺雙拳緊握。他在零和空間一向可以呼風喚雨，這種不在掌握之中的無力感叫他窒息。危機逼迫的氣味，比起死者身上散發的怪味更叫人不安。

　　我想起了刻在黑色信箱上的一句梵文：「不存在的事物最有

價值」。所言的，或者就是指孽債不形於色的才是最危險。孽債一旦殘留在死者身上，就會在投胎時影響她的來世。此刻才發現，原來我們除此以外一無所知。

「當務之急，必先找出她是在哪一生，欠下誰人的債務。」他沒空再把玩鬍子，冷靜地下達指令：「然後我們再設定配方，讓她在下一次轉世馬上向那人償還。」城隍爺很快就理清思緒，指示在旁邊乾著急的我。他知道當權者並沒有慌亂和退縮的權利。只是看這生的情況，她也未必活得過下一生。

「那靈魂豈不是會被……吞噬嗎？」棋壇上的棋士在旁聽到我們說話，不禁衝口而出。城隍爺一臉不悅，但棋士的話也錯不了。

「最怕是，」自棋子變黑的一刻開始，城隍爺的眉頭就再沒放鬆過：「她的時間也差不多了。」我之所以在意，並不是因為司徒寧使人著迷的睿智，也不是因為我陪她的轉世走過輪迴之路。

　　經我辦理的債務沒有妥善化解，作為司書責無旁貸。我們侍者正是為了讓別人轉世而存在，要是連這點事也辦不到，也沒存在的必要。我很艱難才接受了人間不需要我。要是零和空間也不需要我，那麼，我該何去何從？

　　懊惱不已之際，背後傳來清脆的高跟鞋聲，立刻就讓我想起了穿著正裝，一顰一笑都優雅至極的司徒寧。可惜那不可能是她，

聲音的來源是博弈城的另一名首長織女星。

　　有傳說指織女是天帝的孫女，因此又名天孫星。後來因下嫁牛郎，因而喪失大部分的法力。她穿著和牽牛星一樣的維多利亞服飾，黑色禮服紫得幾近深夜，胸膛處展露出手工精巧的蕾絲。織女星走近我們，依舊用蕾絲扇掩著臉。塗上深色唇膏的雙唇若隱若現地挪動：「把這個拿去吧。」說罷，她用戴上蕾絲手套的手，將一個香爐遞給我。

　　細看之下，這個香爐和孽債府所用的也大同小異，只是上面豎立的不是我們一貫所見的線香。這款更似是西洋的洋燭，看似能比線香燒得更久。織女星噗哧一笑，戲謔說這才不是你們土氣的吐真針。

「天上參旗過，人間燭焰燒。」織女星不需要流螢，只用蕾絲裹著的指尖輕碰燭芯，洋燭一下子就點燃起來。

「這裏沒有天亮，但在燭火殆盡之前，必定要找出那宗未解的孽債，再送她到海門。」織女星補充，這是她最後一次轉生的機會。

　　我拿著燭火，直接前往輪迴旋處。看洋燭一寸一分的熄滅，她的靈魂也似就此蒸發。我不禁著千紙鶴加快，在人世無法逃過的厄運已經纏繞得她夠久，只能在零和空間化解。

　　天文鐘仍然無情，每走一步就遺忘一個亡者。生死原來不過如此輕易，一眨就跳過。

　　來到死者和速報司報到的雲門，一如既往的人多。她像上生的戴著毛線帽的文氏一樣，狠狠地掃走黏在身上的雲朵。

　　她死時一身輕便，把頭髮在後頸盤成一個隨意的髮髻。幼細的髮絲隨意散落，她亦毫不在意。穿著的破爛牛仔褲都被染白，血跡斑斕，好比盛開的無常花，仔細看身上的白色汗衫還有被車輪輾過的胎痕。她沒有惋惜，沒有不捨，也沒有害怕，甚至比速報司走得還要前。

　　「喂，那邊額角有疤的人。把我盯了那麼久，」她終於也注意到我滯留的目光，一臉狐疑：「所以，你認識我嗎？」

　　「這生，不認識。」我也坦言：「你叫甚麼名字？」

　　她不虞有詐，天真爛漫的答：「程子悠。青青子衿的子，悠悠我心的悠。」

塵緣結初因

塵

織女星給我的洋燭越燒越短，我更不忍蹉跎她有限的時光。面對死亡，她可以豁達。可是悄然消失的可怕，已經不能與單次的死亡相提並論。

路引在前，將程子悠帶回來的速報司也只好讓她跟我走。沒時間和他們解釋太多，我一把手就拉走了她。速報司呆在雲門外，遠遠叫住了我們：「孽債府不在那邊——」

我擺擺手，始終沒回過頭：「我們去藏書閣。」

知更聽見藏書閣這個名字，都不禁愣住。要是把零和空間的四十多個部門數一遍，藏書閣可是那種數到最後都不會喊得出的地方。更重要的是，藏書閣亦屬內部機構，連侍者也不會去，更莫說是接待死者。可是城隍爺說，只有在那裏才能找出在程子悠身上積存多世的孽債。

在零和空間活了不知多少年的我，從來也沒到過藏書閣。我以前也向天兔打聽過這個被我們戲稱「守水塘」的部門，可是他總是一副嫌棄的模樣說，那裏偏僻又不好玩，更重要的是整個地方一個女侍者都沒有，他才不會去串門。

我們平日會將放映過一次、已經不能再用的菲林底片，連同用完的批文投進黑色信箱，直接傳送至藏書閣收納。說到底，不過是這些底片和批文都已經無用武之地，但那些可是人類努力活完的

一生，沒用途亦有其價值，總也不能隨便銷毀。於是藏書閣這個部門便應運而生。

說它偏僻，是因為它的附近根本沒有其他部門。黃泉大道中有千紙鶴山，隔世橋以後的失記食堂和浪花客棧大概就在北方，大道以東有善惡門和輪迴旋處，西邊是龍蜒谷附近的一眾內部機構，除了福利署以外已經甚少有其他侍者踏足。而藏書閣，就在四野無人，嚴格來說亦無物的最南方。

讓千紙鶴變活的話只需一口氣。可惜讓人復生才沒那麼輕易，要是一聲吐息就能拯救危在旦夕的程子悠，我現在也不用那麼著急。我讓她和我一同乘上千紙鶴，她不像前生的文氏，會被龐然的千紙鶴嚇怕。程子悠見狀不但處之泰然，竟然還伸手去觸碰千紙鶴滿佈和紙紋理的羽翼。

「你不怕嗎？」我在旁邊看得荒謬，她看起來就和一個觀光客無異。

她搖搖頭，說：「難得來到零和空間，當然要看點人間沒有的。畢竟人呀，好不容易才死一遍。」

我聽罷按捺不住失笑。才不過一生，你就進步了不少。

「況且，」她撫順著千紙鶴的羽毛，陶醉地說：「這麼大一朵蘑菇

還是頭一遍見。」

「蘑、蘑菇？」

「嗯？」她瞪大眼睛，以望著怪人的眼神望著我：「所以，就是蘑菇啊。」

我頓時明白她在死前的奇怪舉動，明明見到有車駛過仍然迎上去。那是認知錯覺。

為了印證我的推測，我故意問道：「你記得自己是怎樣死去的嗎？」

「記得啊，但說來奇怪，」她斜視著遠方的某點，好讓自己集中回想：「我在街上見到有一群貓咪成群結黨的走來，便打算上前摸摸牠們。誰知回過神來，就有個扮馬的人來說我已經死了。」

人類接受到資訊後，會交由腦部分析。認知錯覺就是大腦錯誤估計了這些資訊，所以她才會把千紙鶴當成是蘑菇；把汽車當成是貓咪。

這項積存已久的孽債為司徒寧帶來了心漏病；為文千愛帶來了腦瘤；來到這生，就是認知錯覺。

她往我面前不停擺手，笑問我在發甚麼呆。

「沒甚麼，走吧。」我一把乘上了千紙鶴。

「所以，我們去哪？」她問道，在任何句子前加上所以似乎是她的習慣。

她給句子亂添因果關係，在孽債府可是大忌呀。

我手上拿著算盤，卻在心中盤算著要是讓她知道自己的處境也無補於事，倒不如撒謊讓她心裏好過點。

「騎蘑菇去兜風。」我一本正經的說。她燦爛的笑起來，笨拙地攀上千紙鶴，也沒質疑蘑菇怎麼會有翅膀。無知的人永遠最快樂，難怪司徒寧她甚少會笑。

千紙鶴帶我們劃過零和空間的天空，去南方要不少時間，她看似很享受乘風而行的感覺。要是千紙鶴敢於逆風而翱，或許生而為人，也能逆天而行。哪怕一遍也好。雖然在零和空間，一次的決定就是一生，甚至永恆。

「話說回來，」我不像她，早已經對飛行的感覺麻木：「你介紹自己的方法可真奇怪。」

她説，她的名字來自《詩經》。「青青子衿，悠悠我心」蘊含一種纏綿繚繞的思念。

「那你掛念人間的人嗎？」人間的思念，和陰陽相隔的思念，始終沒法相提並論。她先是一愣，勉強説了個不好笑的笑話後就別過臉，故意不讓我看見。我就知道這不是豁達，只是裝的堅強。莫非這是司徒寧的倔強，連同孽債一併影響著今生的她。

「我在零和空間，很常會看星。」我指向頭上的撲朔迷離的夜空，召回她的目光。

她用一雙稍紅的眼眶望向上空，説：「所以你説得那麼浪漫，其實是因為這裏根本不會有天亮。」

「那是因為，一顆星就代表一個在人間活著的人。」我和她説，人間的人望星，以為就能看見死去的人。死者在零和空間望星，其實也是在看人間的人。

陰陽相隔，或者也沒我們想得這麼遙不可及。

藏書閣是一所破舊的廢置工廠。沿路雜草叢生，都長到我腰間的位置，恐怕是最近幾千年都沒其他人來過。此地令我想起人間一個叫切爾諾貝爾的荒蕪之地。我沒來過南邊，總感覺這裏比零和空間的其餘地方都要昏暗，宛然星光都忘了要眷顧這一片地。

可是不知道為何，我不抗拒這種頹廢。孽債府面對太多吵鬧，有點難相信零和空間竟然也會有一個地方，是如此般近似人間所構想的死後世界。萎靡，也是一種美。

意外的是大門沒有鎖上，輕推就能打開，外面也沒侍者駐守。程子悠毫不害怕，還笑說這個地方的氛圍已經是最嚴密的保安。門後的內部一樣幽暗，我只好靠織女星給的洋燭引路，拿上手一看才驟覺它又燒掉了不少，心頭又是一片著急。

「來者何人？」

要是我的魂魄猶在，恐怕也會被這突如其來的問題重新嚇散一遍。我顧不著驚慌，連忙從襟袋狼狽地掏出路引，遠遠遞向聲音的來源：「奉城隍爺之命，拿取死者以往的菲林底片和批文。」

「城隍爺？」躲在黑暗下的聲音問道：「你是孽債府的人？」

「在下正是城隍爺麾下的司書，」我依然不知道自己正和誰說話。身在零和空間，我自然不怕見鬼，但這個感覺簡直詭異：「未知閣下是？」

說完這話，一顆燈籠慢慢浮現，提著它的是一名鬚髮皆白的老人。他穿著黑色傳統長衫，一手提燈，添了幾分儒雅。老人微微佝僂，笑道：「我只是一名小小的秘書監。」

在藏書閣工作的侍者都叫秘書監。老人自己也嘲諷，名字好聽，但不過是守水塘。這個笑話一出，我才驚覺原來他也知道我們在外面怎樣取笑他們，想到這裏不禁有點過意不去。他看出了我的尷尬，反倒安慰我不要在意，大笑一聲很是瀟灑。

老人直說他們平日的工作的確無聊。難得有客人來，就想著帶我們去逛逛。說不了兩句，老人又嘰嘰的笑起來。多虧了老人手上的燈籠，四周頓時清晰可見，因未知造成的不安亦隨之消失。可是逛不了幾步我就發現，整個藏書閣都是一個樣的。

藏書閣是人間很久以前的用詞，落到現代早就變成了圖書館。這裏樓底很高，放眼盡是一個個直達天花的書櫃，旁邊有爬梯方便爬上，可以抵達最高的層架。當然，架上的館藏不是書，而是我們從黑色信箱投下的批文和菲林底片。

秘書監都以紫微斗數的星曜命名。老人說以他的名字為例，「解神」就是當中的其中一顆雜曜之名。諷刺的是，他們都不能像紫微斗數一樣占算未來，而是躲在這個無人問津的廢墟收拾好別人早就過完的一生。

接著他為我們介紹就在附近的秘書監，分別名為紅鸞、孤辰和旬空，都是像他一樣風燭殘年的老人，我開始想像到為何天兔會說沒興趣來。這裏的工作比起要做體力活的速報司，或相當費神的信使都要輕鬆得多，難怪會聚集了一堆老邁的侍者。可是讓他們攀

上爬下也很吃力，雖然即使失足墜下亦無不妥。哪怕椎骨斷成拼圖一樣的碎片，吃一口龍蜒草就會好。

程子悠對這個地方好像很好奇，一副觀光客的樣子又跑出來。我看著洋燭一分一寸地遞減，現在確實不是可以悠遊地玩水遊山的時候。雖然很感激解神的好客，但我也不得不表明來意，說我有城隍爺委託的要務在身，必須儘快辦妥。不然，這個女生的靈魂可能會被孽債吞噬。

想不到解神皓首蒼顏，腦筋還轉得頗快。他把我簡述的情況消化掉，便問：「你是想，取回她前一生的批文和底片嗎？」

「不僅是前一生。」生怕他以為我在胡鬧，我用上無比堅定的眼神和語氣：「還有前前生、大前生、再大前生……」

可以的話，我們是來尋找這個靈魂的起始。

緣

　　我問解神，靈魂有盡頭嗎？要是有的話，我們就是為了它而來的。

　　解神又莫名地放聲大笑，響徹整個藏書閣。不知在笑我的無知還是魯莽。

「零和空間那麼大，可能的確是沒有盡頭的。」他提著燈籠，示意讓我們跟他走：「但我可以確實告訴你，靈魂是有起點，亦有盡頭的。」正因為有始，所以才有終。如果靈魂的一端就是人的第一生，那麼另一端就是被吞噬的結局、再也無法轉生的以後。

　　他說，我們每次把批文和底片寄回來後他們都會作整理。我們以為批文上只有死者和債務相關者的名字，事實上每紙批文都有一組編號，要在黑暗下才會見到。解神從附近的書架順手拈來了一紙批文，故意拽開了燈籠。一看之下，果然有一組十個位的數字在隱約閃爍。不過光芒微弱得誇張，恐怕旁邊多一隻流螢就會蓋過數字的存在。

「可是這組不過是數字，為甚麼要做到如此神秘？」我不禁提問，就連當上司書已久的金牛座也從沒提過批文上有這樣的資訊。

　　解神說，現世粗略估計有七十五億人。光是在世的靈魂就至少有七十五億，總數就更多。靈魂的總數不僅限於活著的，除了我們侍者，還有更多留在零和空間的死者。包括在浪花客棧停歇的、

正在孽債府輪候的，和那些沒能找上官職，瀕臨變成回憶縛靈的。

「這組十個位的數字，正是靈魂編號。」

　　嚴格來說，零和空間的一切規律都屬高度機密。可是在旁的程子悠聽得一頭霧水，恐怕她連自己性命堪虞也懵然不知。她也不是司徒寧，更遑論會明白解神的話了。按解神所說，批文上的靈魂編號正是代表著每個靈魂的獨立性。前生的司徒寧轉世成上生的文千愛，縱使換了軀殼，但在體內的還是同一個靈魂。正正因此，司徒寧沒向陳符還清的孽債殘留在靈魂內，才會影響到下一生的文千愛。

　　現在我們只知道程子悠的靈魂內有積存的孽債。因為無法被顯示，所以一直以來也沒被司書發現，為她調製配方化解。待到此刻，靈魂已經被侵蝕得七七八八，我們才驚覺不妥。

　　城隍爺也是首次遇到這種情況，可說是無從入手。我們既然不知道這項是甚麼債，也不知道是在哪一生遺留下來的，就只好把這個靈魂經歷過的每一生都拿回去孽債府。

　　當時，我沒有追問城隍爺之後要怎麼辦。因為我們都知道，「之後」對程子悠來說都不是必然。

　　作為司書，我們不應考究與工作範圍無關的死者前生。因為

這樣，所以孽債府才刻意向我們隱瞞有靈魂編號這一回事。不過既然知道靈魂有編號，要找出她的第一生就不難了。

秘書監收到批文後，會按靈魂編號整理好。我將文氏的批文交給他，在漆黑當中果然也有一組編號。靈魂編號以特別的墨水打印，孽債府燈火通明、香火不斷才會無法看見。見狀我不禁嗟嘆，從事司書那麼久，竟然不曾發現有那麼重要的一項資訊。放棄轉生的侍者大多都覺得人間太叫人猜不透，所以才選擇留下。想不到原來零和空間於我而言，果然還是有太多未知。

解神很快就走到一架書櫃前，取下了十一卷菲林底片和批文。加上剛才文千愛的批文，剛好十二張。

「喲，這好有趣。」在附近遊蕩的程子悠也湊過頭來，笑說：「所以我説，你們從哪找來這麼多紅豆。」

「這個才不是紅──」想著想著，我還是放棄去糾正她的認知，反正找出孽債去化解才是治本的方法。不過我還是按捺不住多追問一句。

我指著自己的鼻子，問她：「那、那我是誰？」

「你？你是獵戶座啊。」

　　我正暗自慶幸她的情況未算十分嚴重，至少她還記得我。可是洋燭一直在燃燒，她發作的次數也越來越密。這些都在催促我要儘快想方法找出那項孽債所在的一生，再作化解。我一手用黑袍包裹十二段前生，另一手拉著第十三生的她就奔向大門。沒了解神的燈籠，只靠燭火幾近是摸黑似的拔腿就走。怕是耽誤得太久，連這點燭光都熄滅。

　　「等等！」解神在這情急之際叫住了我：「你是……獵戶座？」

　　老人聽見我的名字好像很吃驚，連同周遭的空氣一同凝結起來。我連忙解釋：「現在的城隍爺以前也是獵戶座的，可是我不是他。我的意思是，我可算是新來的，所以……」

　　他沒等我把話說完，甚至沒有聽在耳中。老人攜燈走近我，步履蹣跚而焦急，頃刻伸手撥起我額前的頭髮。

　　「獵戶座。」他輕掃我額上早已經不痛的疤痕，他不碰的話我甚至已經忘記了它的存在：「這個死者，是你負責的個案？」

　　我遲疑地點點頭。雖是一場同儕，但我不知道能否對別個部門的侍者透露甚麼。幸而他亦沒追問，只是仰天長嘯，笑聲在此地迴盪得厲害，久久縈繞不去。他拋下燈籠，又折返於黑暗。

　　程子悠見狀，低聲咕嚕一句：「所以零和空間，真是個見鬼

的地方。」

　　幾經折騰，我們回到了千紙鶴山。樓高三層的寺廟飄散著吐真針釋出的煙霧，底層依然被等待核債的死者擠個水洩不通。好不容易擠了上去，走不了幾步就發現她沒有跟上來。

　　沿途折返，我在大門外找到她的身影。她望著和空氣交纏的煙，宛如把她的心神都一併繞上。她正看得入迷，陶醉地說煙花好美。

　　雖知道這話是源自認知錯覺，她所認錯的東西和實物根本一點關連都沒有。不知為何，我還是把她當成一個常人般回答：「煙花是一種壯烈，煙霧卻是一種欲斷難斷。」

　　「是嗎，」她說：「所以如果我的人生有那麼壯麗，只活一瞬間也願意。」

　　有時候我會覺得很奇怪。孽債使她意識錯亂，卻能說出這些像樣的說話。

　　走過孽債府的兩層階梯，青銅門早已打開。

　　「帶回來了嗎？」城隍爺坐在高台之上，見我們甫進門就問。我雙手呈上十二生的批文和菲林底片。可是底片吊詭在於，只能被播映

一遍，所以在藏書閣帶回來的底片都已經幫不上忙。

　　在旁待命的金牛提議說：「要不然，我拿這些批文去備份館一趟？」

「行不通。」城隍爺一擺手就打消了他的念頭：「人的一生那麼長，我們對此又毫無頭緒。來不及把十多生的備份都看上一遍。」說罷，他的目光又落在洋燭之上。每一滴墜下的蠟淚，都像那宗不知名的孽債在慢慢焚燬她的靈魂。

　　城隍爺和金牛在上，看似不為所動。我和她就站在高台之下等待著他們的指示、等待化解的頭緒，或一個奇蹟。

「喲，千紙鶴山可真是不好走呀。」

　　身後突然傳來這樣的一句話。聲線輕佻而浮燥，不是來自我熟悉的人：「你們孽債府也該裝潢一下啦。」而且還能當著城隍爺的面前說這種話的人，到底還會有誰。

「終於來了。」城隍爺從高台步下，看似要去迎接那人的到來。

　　我緩緩回頭，只見一個打扮相當時髦的年輕男子。穿著黑色雙襟大衣，頭髮是像霧一樣的啞灰色。我本以為他肩上站了一隻大鷹，細看才發現只是一隻大得過份的烏鴉。他身後還有兩名速報司

陪同，可我看這名男子的衣著又不似是他們的一員。年輕男子一臉輕蔑的打量著周圍，也不向城隍爺問好。

　　金牛不知何時就站到我身旁，抱拳作揖：「恭候多時，見過閻羅王。」

結

　　本來以為城隍爺對此也束手無策，誰知他早已想到要請別個部門的首長幫忙。當然，他需要的不是閻羅本人，而是他手上的一冊書。

　　底片已經沒法再被放映，我們餘下的線索就只有那十二生的批文。可是這宗殘餘的債務正是因為某種原因而無法被顯示，批文之上只剩下死者名字。有閻羅的生死冊，我們至少能知道她在之前的幾輩子是因何離世的。

　　「那麼久不見就找我幫忙，」閻羅和城隍爺熟稔地調侃：「甚麼時候和我下盤棋？」

　　「待我辦完事，派個司書和你下。」城隍爺的反應略帶恭敬，感覺他好像有點怕閻羅。但不用多說也知道，他所指的司書正是天兔。

　　閻羅很快就注意到房間唯一一個不穿黑衣的人，他揚揚寬袍，闊步走近我們。

　　「她，就是快要被吞噬的亡者？」閻羅站到她面前，用目光輕輕掃視：「靈魂長這麼好看，給孽債吃掉實在太可惜。」

　　對了，有傳言說閻羅在很久之前沉迷女色得過份，因而疏於職守，惹得各個首長不滿。最後各人一致判定向他施下詛咒，不讓他看見人的軀體。自此閻羅眼中只能見魂而不見人。他所說漂亮的

人，在旁人眼中可能長得很平凡，但其靈魂肯定與一般人不同。

　　雖然一般死者根本就不會知道吞噬是甚麼的一個概念，我在心底也不禁埋怨他怎可以在她面前說得那麼直白，此舉就等同一個醫生向癌症病人直說你沒救了。讓死者知道自身的狀況是情有可原，可是作為侍者也有要顧慮死者感受的專業自覺。難怪整個零和空間都在流傳不少速報司早就不滿他。

　　我在心底正是納悶，在旁的程子悠卻率先開腔：「所以，這隻章魚怎麼會走路？」

　　她見旁邊一片鴉雀無聲，便轉向我尋求同意：「你說對不對啊，你——」她的說話戛然而止，似是被甚麼哽住，難以吐出完整一句話。她說，明明感覺和我很熟悉，卻怎麼樣也喊不出名字。

　　閻羅在高台上草草閱覽她的批文。我本以為生死冊是一本極其厚重的書籍，記載了每一個人的死亡時間和死因。可是他打開生死冊，我才知道喊了幾百年的「生死冊」根本就不是一本書，而是一台掃描儀。

　　閻羅逮到了我吃驚的眼神，氣定神閒地把批文逐張逐張放到內頁之中。一合上，原本空無一物的封面開始顯示出密密麻麻的細字。

「死者文千愛，在醫院療養時不敵腦腫瘤而死。是為靈魂第十二次轉世。」

「死者司徒寧，工作時因心漏病發作而死。是為靈魂第十一次轉世。」

　　閻羅高聲朗讀著在生死冊顯示的訊息。這兩生我都見過，我還記得文千愛的婉約，也記得司徒寧的冷酷。

　　來到此生似是遺傳了前兩生的特質，造就了以開朗包裝倔強的程子悠。或者她的靈魂隨時就會被孽債完全侵蝕，從而喪失再為人的資格。但我覺得，程子悠是她們當中最像「人」的一個。

　　閻羅接下來宣讀的，都有可能是她積下那項孽債的一生。在世時結下孽債不足為奇。最耐人尋味是為何唯獨是這項債務無法被顯示，而我們又該如何將它找出來。

「死者惠樂兒，自然老死。是為靈魂第十次轉世。」

　　惠樂兒，這個名字好熟悉。總記得在哪裏聽過這個名字。閻羅稍作頓息：「不過資料說，她天生患有哮喘。只是病情不足以致命。」

　　那我記得了，我在一名死者的備份中見過她。

該名死者因為喜歡的女生有哮喘，所以在每年平安夜都會送她一條頸巾。結果有一年，他遇上意外，再也不能走路。他仍在家中默默地織，生怕會趕不及在平安夜的約會送給她。可是在那一年，她找到了另一個平安夜情人去陪她看燈節。

惠樂兒，正是金伯轉世成胖子後喜歡的女孩。只是我萬萬想不到，她和司徒寧、文千愛和程子悠都是同一個靈魂的轉世。

這樣説來，金伯在生時因為沒有出手拯救一個被拐的女孩，所以才欠下這樣的一宗債。那麼她的前生不就是那個……

「死者蔣懷恩，貧血發病失救而死。是為靈魂第九次轉世。」

我在煙霧之中見過她。不光是我，當時城隍爺和金牛亦有份處理這項債務。

「她正是那個被人口販子捉走的女孩，」城隍爺聽罷，一臉懊悔：「要是當時能察覺到是積存的孽債在作祟，或者就不會導致如斯田地。」

金牛在旁回話：「死者患有貧血，可能是設定，也可能是隨機分配。怎會想到世間竟然會有一項孽債，連批文也無法讀取。」

閻羅聽不明白我們所説的，反正他只是受城隍爺之託來看幾張

批文的死因。生死冊屬高度機密，不能外借也不能讓其他人閱覽，他只好繼續讀出顯示的文字。

「死者王志晴，吸入過量一氧化碳而死。是為靈魂第八次轉世。」

這個名字好耳熟，不過肯定不是我的死者，是金牛或天兔的死者嗎？我到底還會在哪裏聽過這個名字。

「吸入過量一氧化碳？」城隍爺叫停了閻羅：「她是故意燒炭自殺？」

閻羅挑起食指，他的手比我想像中要纖細，皮膚吹彈可破得像初生嬰兒。他在生死冊的書面上滑個幾劃，眉頭輕輕皺起。

「生死冊說，她有記憶力衰退的徵狀。」閻羅答道：「她很容易就會把事情忘記，比如說這分鐘叫她待會來找你，回過頭她就可以忘記了。她死時正是忘記了關掉瓦斯爐，在睡夢中死去。」

我突然想起在哪裏聽過這個名字。有一回，我在千紙鶴山遇到一個被回憶縛靈纏上的死者，她正是這個精神恍惚的狀態。原來她是忘記了自己要去哪，所以才會在山頭迷路。她也忘記了司書讓她拿好如意結，所以才會被回憶縛靈襲擊。當時我正趕著去侍者福利署，問過她的名字後便沒理會她。她回答過我她叫王志晴。想不到，原來我也可算是救過她。

這樣的話，在靈魂殘餘的那宗孽債是在這生以前積下的。來到這生，才會令她轉世後記憶力衰退。其實這樣也好，多少世人在人間苦苦尋求忘記的方法也不果，要待死後走過失記食堂才能實現這個卑微得可悲的願望。

「死者林惜，自然老死。是為靈魂第七次轉世。」

金牛聽罷，便說：「自然老死的話，她很有可能是在這生欠下那宗孽債？」

「雖是老死，但她生來就有多項敏感症，要長期服藥。」閻羅雙眼在生死冊上不斷游走，邊讀邊說：「不僅於此，她還長於一個貧困家庭。作為經濟支柱的大哥不幸去世後，生活一直很苦。」

閻羅眼見那項不明孽債不大可能存在於此，便繼續查看上一生。

「死者夏慶瑤，被黑道槍殺。是為靈魂第六次轉世。」

「黑道？」在聽著的人異口同聲問道。

閻羅解說：「她有唇顎裂，是一個黑道老大的私生女。」

「後來因為父母的恩怨，被父親指派的手下殺掉。」我一邊發問，

手卻不期然顫抖：「是不是這樣？」

　　閻羅停下手上的動作，反問我：「為甚麼你會知道？」

　　我說，那個殺她的人正是我處理過的死者。

「這樣說來，這個靈魂的每一生都好像和獵戶有些牽連。」金牛像
在自說自話，我卻留意到城隍爺的面色一沉。一時之間我沒說點甚
麼，因為這個狀況連我本人也無法解釋。

　　閻羅繼續宣讀著這個靈魂走過的每一生。每掀一頁，我都怕
會發現和自己有關。

「死者連慧君，生為瘸子和啞巴，最後在火場無法逃生而死。是為
靈魂第五次轉世。」

　　我見過她，她是被吳家佑所救，最後一同葬身火海那個又瘸
又啞的女人。天生無法說話，是她在前生數落兒子種下的惡果。可
是無法走路，卻是殘餘孽債造成的影響。

「死者梁少慈，老來躁鬱而死。是為靈魂第四次轉世。」

　　她是吳家佑的母親，患有燥狂症。當時我在處理吳家佑的債
務，故意去備份館查看過她的備份錄像。在兒子自殺後，她和丈夫

的關係每況愈下，最後還被離婚，到死時仍然只有自己一個人。

這個靈魂的幾生，原來我都有見過。世間總是有很多巧合，或者這些都是其一。在世時無緣無債，我才得以成為侍者，可以留在零和空間這麼久。遇上同一個靈魂幾遍，可能都是巧合。驀地，在旁的金牛向我遞來一張手帕，我才驚覺原來自己早就冒出一額冷汗。

「沒事，」我佯作鎮定的接過，向金牛說：「待會服株龍蜒草就好了。」閻羅瞟了我們一眼，繼續查看生死冊。

「死者思思，因無法適應野外而死。是為靈魂第三次轉世。」

恐怕連閻羅也覺得這一生的死因特別奇怪，不待我們發問就逕自補充：「難怪如此。」他說，這個靈魂在第三次轉世的時候成了鸚鵡。

「莫非，這個也是殘餘孽債所造成的？」金牛問道。

「不是，」我邊說邊用手帕在額上亂拭：「那是我作的設定。」

閻羅聽罷，也說：「牠本來是寵物，在飼主的照料下衣食無憂。只是自己突然發狂，奪籠而出。」

動物比起人類的思想要簡單，因為這樣牠們欠債的機會也相對較少。牠發狂想要逃走，可能只是想看看天空，可能只是餓了。又或者，是被孽債影響。這樣說起來，她作為吳家佑母親的那一生患有躁狂症，或者也是有跡可尋，她的上生是一隻會偶爾發狂的鸚鵡。而再數到前生，正是那個情緒大起大跌的女人。

「死者顧曉怡，在情緒波動下決定殉情而死。是為靈魂第二次轉世。」

　　原來，我在那麼早的時候就見過她。顧氏在核債時發牢騷、鬧情緒，我一直以為是她的不合作，現在才知道是孽債暗暗作祟。只是我從來沒留意到。直至她走到第十二生，作為神秘而聰敏的司徒寧轉世我才深深記住了她。

　　司徒寧吸引，不是因為她的外貌或驚人的智慧。而是這個靈魂以不同軀殼之態，和我擦肩而過十數輩子的熟悉感。這種感覺如同那宗隱藏的債務一樣，不形於色卻影響深遠。

　　雖然到現在亦沒有頭緒那宗欠債是從何而來，可是既然已經查看到第二生，答案必定藏在靈魂的盡頭之前。閻羅抖擻精神，視線繼續定在生死冊上。

「死者白無念，墮海遇溺而死。是為靈魂第一次轉世。」

　　來到這生我可以肯定，這個人我是不認識，且沒見過的。可是閻羅在生死冊上不斷查找，這生的她好像沒有其他天生殘缺。正當大家都在屏息以待一個答案，思緒卻被青銅門砰的一聲打斷。

　　「你們要找的欠債，就在這生。」溫室盡處傳來一把聲音，只是我覺得好像在不久之前才聽過：「看來，我來得剛剛好呢。」

　　接著又是那仰天長嘯，在藏書閣縈繞不去的笑聲。

　　「你為甚麼會在這裏？」閻羅一面鐵青，語氣出奇地強硬：「早就下令，禁止你踏足零和空間其他部門半步。」

　　在門前候命的速報司見閻羅面露不悅，識趣地攔住解神。閻羅的眉頭皺成一團，極其嚴正地對他說：「尤其是孽債府。」

　　解神悠然自得地走過了身形魁梧的速報司，朝高台前的我們一步步走來。也許是待在藏書閣太久，聲線也被灰塵醃得乾澀沙啞，仰頭笑說：「好久不見了，獵戶座。」

　　解神叫的人不是我。他看著的，是以前的獵戶座。

　　「過得好嗎。」城隍爺從坐上站起來，強裝鎮定喊他一聲：「城隍爺。」

初

解神在溫室四處逛走，看到一牆一桌都按捺不住伸手去摸。他看到在旁的金牛座，面帶微笑的拍拍他的肩膀。

「還以為才過了不久，」我一下子還接受不了原來解神正是以前的城隍爺，他又逕自在死寂中說話：「原來無念都轉世十多遍了。」

「你認識白無念？」一陣錯愕向我襲來，疑問不禁衝口而出。

「當然，那麼有趣的人怎能忘記。」解神還在緬懷這個地方的一切：「你們苦苦追尋的這宗債務，那時是由我負責。」

金牛曾經說過，他以前曾經跟隨另一位城隍爺辦事，但他後來不知所蹤，才找上了現在的城隍爺。就此看來，解神正是當時的城隍爺，當年辭任後正是去了藏書閣守水塘。既然前任城隍爺言之鑿鑿地說我們要找的債務就在這一生，頓時覺得找到了一絲頭緒：「這樣——」

「你的債務，也是由我負責的。」不待我說完，解神便望向我一字一頓的說：「席又初。」

放棄轉世的幾百年後，世界都已經將這個人忘掉。風一吹，沙土也沒有記住任何足跡。可是他如此確實的向我說出這三個字，讓我首次相信或許自己的確有存在過。

「慢、慢著。」定下來一想，我便覺不妥：「你説，我的債務由你負責？」

　　解神饒富意味的看著我，堅定地點頭。

「我不是無緣無債，才能當上侍者的嗎？」他的説話越來越不可信，我急不及待反駁：「不是，這樣不合理。要是我有債而又不還的話，靈魂應該早就像程子悠的一樣受孽所損，你看我現在意識還很清醒……」

「那是因為，你並不是欠債的人。」

　　不是欠債人？的確，孽債是由舉債人積在欠債人身上的。不化解孽債，對舉債人來説除了沒被償還以外，可謂毫無影響。這樣説的話，我……就是她的舉債人？

　　一想到這裏，腦袋便一陣暈眩，要是缺點意志力恐怕已經昏倒過去。我無法分辨這是因為事實太衝擊，還是我實在太久沒服龍蜒草。不過我一直渴求的真相就在眼前，光是這個動力就足以去抗衡一點點的不適。

「這個爛攤子就由他自己收拾吧。」閻羅看似放棄了要驅逐不請自來的解神，勃怒之餘帶著不屑：「在幾百年前我就説了！你的決定早晚會鑄成大錯。」

「沒料到這個情況會出現，也是我的疏忽。」城隍爺也像頓時明白一切，被突如其來的真相衝擊得一額冷汗：「更加料不到，她的每次轉世你都見過。」

解神慢慢走上了城隍爺的高台，這個座位以前也屬於他。

「哪裏疏忽了，」解神笑著搭搭城隍爺肩膀：「無常花不是打理得很好嘛。」

城隍爺跟在他後面，就像平日金牛跟著他，笑説：「那是你在離任時的唯一條件，我怎能不辦好。」

說罷，解神在高台邊砸下銀盤和剪刀。

「審核債務，需要你的一根髮絲。」解神和我四目交投，在高台上的剪影別具壓迫感：「你懂規矩的，別讓我三催四請。」

平日叫死者辦得多，這是我有記憶以來第一次親手剪下髮絲。

解神從黑色信箱信手拈來一紙批文，動作俐落得這一切設施就似是為他而設。他沒看一眼就直接交給我，宛如他早就知道內容，且非常確定。

「死者席氏又初：舉白無念一債。」

　　站在解神旁邊的城隍爺報我一個苦笑：「你啊，終究還是逃不過她呢。」

　　如果白無念和程子悠正屬同一個靈魂，那麼我一直以來所見的司徒寧、文千愛，甚至顧曉怡都是欠過我的人？解神將她十二生的批文並排高台之上，宛如發現了甚麼趣事般含笑。

　　「你看看她每生的名字，」解神用手勢把我喚近高台，說：「那顆『心』可是來到成為程子悠的一生都沒變過。」

　　我照他所說一覽這些名字，有時是沉澱的「念」或「悠」；有時是藏在中間的「愛」或「寧」；還有時是含蓄地走到一旁的「怡」或「惜」。每看一遍，毛骨便越發悚然。這顆傷痕累累的器官，一直都隨她轉世。

　　可是如城隍爺所言，我又為甚麼要逃避這名欠債人？我看金牛一臉迷茫，也不像知情。在我旁邊的程子悠如是。這個滿口「所以」的女子，和我的淵源到底有多深。

　　更讓我想不通的是，我帶有債務又何以會當上侍者。

　　「現在就算你把他們丟去轉世也來不及了，」閻羅警誡地盯住解神：「你看她根本就捱不過多一次投胎。」洋燭只剩下一隻姆指般長，而且每刻都在遞減。閻羅的說話即使具建設性，亦太像揶揄。

解神無視他的告誡，甚至眼尾亦沒看他一眼：「化解孽債，也不一定要在人間。」

　　說罷，他在高台後方拿來了香爐，捧起流螢點起了線香。我自以為看穿了他的用意，不待他指示就反駁：「侍者不是對吐真針免疫嗎？況且我對於自己的前生真是一點也記不起，你要我說也說不出甚麼⋯⋯」

　　「誰叫你說？」解神一瞥象徵餘下時間的洋燭，氣定神閒地指著自己的太陽穴：「當年辦理你們的個案，早已經儲存在我的備份了。」

　　他是想要透過自己憶述，開啟當年為我們核債的過程。

　　「但、但是⋯⋯」疑問接踵而來，我從來也沒覺得發問原來也可以如此累人：「侍者也有錄像備份？」

　　解神聽見，跟城隍爺和閻羅交換了一個錯愕的眼神。我和金牛則面面相覷，不禁暗忖零和空間到底還有多少秘密是我們不知道的。要是侍者也有錄像備份，我們平日說首長的壞話，還有抽回憶草的齷齪事原來都被一一存檔，想到這裏心底就發麻。

　　解神把香爐塞到我的手中，自顧自地說起話來。煙霧越燒越濃，很快就達到了可以呈現畫面的濃度。解神就以這句深刻的說話，開啟自己的錄像備份。

「席又初，你是否知道自己已經死去？」

知道，當然知道。

我在煙霧中見到了一個渾身濕透，赤著腳的男子。

那是我生而為人的前生。

因

　　一般而言，城隍爺是不會親自核債的。除非出現司書處理不了的突發情況，才會將死者轉介至這裏。就如我眼前這人，看起來還很年輕。

　　他相當寡言，也許是未能接受死去的事實。剛剛死去難以接受，尚屬正常。可他穿過了輪迴旋處的雲門，走過了整條黃泉大道來到這裏仍未接受自己已逝，就是懦弱。這人看起來，完全不像會說出那種話。

　　繞圈沒意思，我也打算開門見山：「我的司書說，你不肯轉世。」

　　我企圖以震懾的語氣讓他屈服：「真有其事？」

　　「是的。」他目光散漫、萎靡不振，語氣卻無比堅定：「我拒絕轉世。」

　　幾千年來，我從沒遇過這種人。欠債人不肯還債尚屬正常，最常見的莫過是因無心之失而誤結孽債的人。但一聽見孽債最嚴重可以吃掉靈魂，這些人最終還是會走上隔世橋。

　　但這個死者作為舉債人，他的來世不用向任何人還債，只需

去討回前生被欠的就可以。換個角度，前生他吃夠苦頭，今生就是結果的時候。可是，他竟然拒絕去採摘。

世間豈有利益在前而不去領取的人。更何況，這些都是他應得的。她所欠的，理應償還予他。

「嚴格來説，你只需點個頭就可以。」我試著由另一個角度説服他：「作為舉債人，你在來生只需待欠債人向你還債就可以。」我著實想不出他不想要討債的理由：「無論如何，你也不會吃虧。」

雲層沒有風乾海水的鹹澀。他雙手緊緊捉著濕漉漉的衣襟，髮梢的水滴潸然。

「你們説，在來世必定會遇見前生所欠的人。」他説：「我不想再見到她。」

這個死者懦弱至極。

「一走過隔世橋你就不會再有這種情感。」事實上，他連那個人都不會再記得。

他低下頭，卻依然決斷。一直以來，走上隔世橋的人都是自願轉世的。不走的人，就得永遠留在這裏。

「到底她欠了你甚麼，令你連討債也抗拒。」生者著實荒誕又有趣。他只告知司書，欠債人和他是青梅竹馬。兩人生於島國，有幸同年同月同日生，作為鄰居他們從小就一起慶祝生日，一起長大。所以，他也順理成章的以為他們可以一同變老。

　　二十四年來，她一直餵他吃一種名為「希望」的慢性毒藥。配合病者的想像力一同服用，效果更佳。

　　名為席又初的死者來時全身都濕塌塌的，臉頰緋紅。我重重嘆息：「你是在宿醉時跳海的。」

　　宿醉是當靈魂不再播放回憶，而反讓回憶駕馭靈魂。自此，人再逃不出來。都怪人這樣快樂過。到底要多少淚才能種出笑靨如花。

「城隍爺，其實你誤會了。」他笑得羞澀，一點都不像在說謊：「我不喝酒的。」

　　反而，這種謊言才誠實得赤裸。

　　事實上，只是世間原來也沒有甚麼不可釀成酒。

「我其實不愛喝酒。最怕苦了。」

只是不知何時，瓶上的含量數字代表了麻醉藥的劑量，睡前服。步履不穩，似是踏著雲層凌駕於霧。或者我純粹是喜歡這種不確定。走步路都不確定的話，或者我也不能確定自己是否傷心。也不能確定這種沉溺是源自一個人或是酒精。沒關係，反正兩者都是錯覺。

目光失焦，我的生活就能不再聚焦於她。

可是心上之人，模不模糊都好看。

我漸漸迷上腦袋變重的晚上。也許是因為腦海有她才會這麼重。那種時候，自尊就能變得不那麼重，不那麼重要。意識迷糊，就能坦然承認自己在一個人面前的卑微。同為人類，我也竟然可能這樣低等。為一個人販賣意識，只求在有她的零碎回憶苟且地活著。

一杯下肚，催促心臟的跳動。這種正是我第一次牽著她的心動。誰叫要讓我發現原來只要一瓶酒就能重溫，怎能叫我不沉淪。

在夢寐以求的時光中遇溺，還哪會有人想要獲救。」

「為了一個人而尋死，真的值得？」我不以城隍爺的身份去問這道問題。我是以曾經生而為人的身份，想要了解同類的思維。他搖頭擺手，我本以為那是代表不值得。誰知他的答案更叫我吃驚。

「我沒尋死。」說著，他竟然笑起來：「我只渴望自己沒誕生。」

「你們說轉世後，她的靈魂會以另一個身份償還給我。」他繼續說：「於我而言，轉生也是一種希望。」過了這一生，他也受夠這種動聽的毒藥。這名死者讓我就當他是用藥過量，已經產生抗體了。

　　他的說話讓我陷入沉思：還債的意義到底何在。除了讓欠債人經歷同等痛苦，更重要是讓舉債人討回應得的。但要是舉債人沒有這個意願，我們也不能強迫他前往轉世。畢竟，他才是被欠的一個。這種痛苦亦只有他一人經歷過。

　　我放下了手中算盤。或者，並不是所有債都可以計算的。

———————✦———————

紅情解笑生

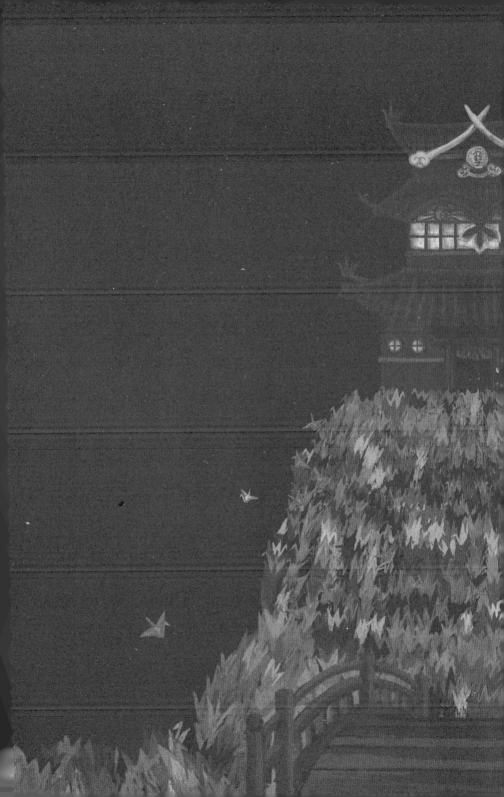

紅

　　煙霧退散，眼前的解神還是那個穿長衫的秘書監。看我一臉呆鈍，他那端又傳來一陣惡笑。

　　原來，我不是無緣無債之人。不是和其他人一樣的白紙。我沒有白活，成績表上有她的名字。原來我活得，相當深刻。

　　而是刻得太深，深得叫自己都卻步。

　　「一般侍者都會記得自己的死因，可是你的死因偏偏連帶著這份傷痛。」他步下高台，輕輕揪起長衫的衫擺：「所以你的前生，和被核對債務的那段記憶都是我強行摘除的。」說罷，便指向我額前的疤痕。

　　原來龍哥說得對。疤痕的厚度，都是故事的重量。因為一直沒法憶及死因，我甚至質疑過自己沒活過。誰知記不起，正是活得深刻的證明。

　　一個不慎，我和旁邊的程子悠就對上了目光，好不尷尬。雖然，我和她都在這刻才憶起對方。要是讓我想起她的前生是怎樣有負於我，或者我也會遷怒於她。

　　「我就此，」我不期然而伸手撫摸自己一身黑袍：「留下來了？」

　　一直袖手旁觀的閻羅一臉不屑：「向來只有無緣無債之人可

以當上侍者。他作為孽債府首長，竟然擅自容許你不轉世。」

「雖然不知道在哪裏流出了風聲，但他們發現的時候已經太遲。」解神邊聽邊笑，說：「零和空間諸多侍者，要找出一個人何其困難。」

「所以我們唯一可做的，就是褫奪他首長的身份。」閻羅說起來還異常氣憤：「將他調派至最杳無人跡的藏書閣。」

　　藏書閣的秘書監以紫微斗數的星曜命名，他調職時偏偏選中「解神」這一顆星。

「你說，可不可笑？」不待別人答話，他已經逕自捧腹失笑。說罷，他吟道一句「行到水窮處，坐看雲起時」。雖不明白這句意思，但我想他在零和空間那麼久，幾千年甚至更多的時日，是水是雲都已經看破。

　　無緣無債的死者選擇留下來後，會被統一送到侍者福利署接受新人培訓，然後按自己的意願選擇部門申請入職。想必解神正是在那段期間被革除，所以在我來到孽債府的時候，「獵戶座」一席才有空缺，我才得以成為這裏的司書。

　　這種，也是因果嗎？

「我想知道你讓我留下的原因。」按他這樣說，我作為席又初的那生才是和他初見。貴為城隍爺的他，當時為何會為一個素未謀面之人破例。

「因為，我同情你。」解神說畢，沒再發噱：「我曾經也是活過的人。」

這話一出，溫室的眾人都靜默下來。無論是對此予以強烈譴責的閻羅、臨危受命接替他的城隍爺，還是當年被他不辭而別的下屬金牛座也想知道他會同情我的原因。

他淡然說出答案：「我在審核你的案例時，查看了你們兩人真正的第一生。」

我聽後便是一陣愕然：「第……第一生？」

言下之意，白無念和席又初並不是這個靈魂的第一生。生死冊與藏書閣館藏的批文掛鈎，唯一可以解釋的就是藏書閣並沒有收藏我們第一生的批文。

「當時你問我，為甚麼自己會對她如此死心塌地。」解神以敘舊的口吻對我說，奈何我丁點也記不起這些切膚之痛：「世間痴情之人最多也是非她不娶，而你卻是非她不活。」

他轉至溫室角落的一盆無常花，徒手挖掘泥濘。惜花之人，動作竟然異常粗暴。

「獵戶——舊獵戶啊，」我留意到城隍爺吃驚的眼神，相信連他無法預計解神的舉動：「多虧你，把花照料得那麼好。」

城隍爺一臉狐疑，被稱讚頓覺莫名其妙。解神滿手泥巴，向他展示兩張滿佈沙礫的紙條。他隨意輕輕掃撥，將其一交予我：「這個，就是你靈魂第一生的批文。」

我此刻甚是踟躕。無知的時候對它趨之若鶩，當它就在眼前，卻又怕結果不如我想。一天不揭曉，它都能以我想像中的模樣存在下去。直至永遠。

但「永遠」是沒有「直至」的。因為虛偽的永遠亦當永遠虛偽，不會因為時間或誠意突然變真。

「這一行字，就是你對她死心塌地的原因。」他亦不耐煩，直接將批文塞到我手心。

「其實不僅是你，」他向這張紙卷投以一個珍視的眼神，就像看出了眾人都看不出的奧秘。

「世間上所有痴心的人，原因亦是同樣。」

「死者賈氏寶玉：欠林黛玉一債。」

　　傳說林黛玉的再前生是絳珠仙子。為報神瑛灌溉甘露之恩，她隨之轉世為人，還淚予他。

　　兩人轉世後在大觀園相遇，奈何花園太大，種了太多花。今生神瑛轉世為一名多情男子，再無法只為她一人灌溉。她來到凡間獲得心跳，卻料不到自己會心動。

　　她因還債而生，後來卻動了真心，向神瑛二世交付了比露水還要多的淚水。她的結局，是為了他淚盡而死，使得神瑛在今生反成了欠債人。

　　林黛玉死時，靈魂化成碎片，演變成白無念，以及世上很多很多人。這些人帶著林黛玉的執念，有些人柔弱，有些人固執，卻一貫莫名地吸引。

　　林黛玉在賈寶玉身上積下的孽債太深，馬上就讓他的靈魂四分五裂，變成世上無數痴情之人。

　　有男有女，為了一份執著而生，卻被折磨得想要死。

　　我們的血肉之軀本是為了感受痛苦而存在。

　　所以凡人們都不要問自己為何會死心塌地的愛上一個人。痴情之人都是賈寶玉的轉世，而他們愛上的都是林黛玉的轉世。

　　林黛玉喜歡賈寶玉，已是幾千年前的事。我們都是寶黛二人轉世時悲愴過度、靈魂撕裂而成的碎片。只是這份債，世間上無數名賈寶玉還在透過不斷受傷，努力償還。

情

　　世間上為情所困之人，都是替賈寶玉還償的靈魂。我的前生亦是其一。誰叫賈寶玉生性風流多情，這種風情落到今生只有林黛玉一人為他留下執念。灌溉被葬之花，要一片淚海才足夠。此生她為他淚盡而死，風情帶來的傷害已遠超灌露之恩，他自然反欠她一債。為了還債，兩人再次轉生成為島國的白無念和席又初。她不斷對他施予希望，再將其粉碎。經過這一次，他開始害怕受傷。

　　席又初以為自己夠卑微，今生只要牽一下她的手就夠溫存渡冬。原來漫漫餘生，七情六慾也不會有盡頭，我們都貪婪得渴求永遠。手上的算盤早有預示。但凡決定放棄轉生，留在零和空間，都必先卸下為人的情感和慾望。

　　當時，作為城隍爺的解神正是在這個高台之上向我宣讀入職的誓約。

　　「亡者席氏又初，你是否願意向城隍爺抵押你的七情六慾？自此你再不會喜悅，也不會悲傷。不對任何人或事抱有一種沒根據的猜測，簡稱希望。自然你也不會失望。此舉會暫停一切器官運作，包括心臟。自此不心動，也不心痛。不愛上任何人，也不會被任何人所傷。」

　　城隍爺拿出一支鴉片煙管。管身以無憂樹的木製成，末端繫上龍蜒草狀的玉佩。他將煙管放在銀盤之上，和針筒一樣可以奠定別人的以後。

「願意的話，請你呼出這口煙。這個世界的一切再與你無尤。」

　　脫離俗世，簡單得只需一口白煙。

　　吐出的一口白煙沒有被無形的空氣吞噬。它們先在空中飄散，似要幻滅之際又識趣地重新聚在一團。白煙落在我手中，轉成了一副柳木算盤。

　　這個就是司書的入職儀式。自此，這副算盤就和我們形影不離。以我們卸下的情感，去計算人類執著的孽債。

　　自那天起，我身上再沒有死者專屬的氣味。

　　無情之人不習慣情感在他人身上蔓延，所以對這種氣味特別敏感。

　　在零和空間的時日，我一直只知道自己身在終點，無論如何也記不起開始的位置，也不知道當中又經過了甚麼。回憶毫無預兆的湧至。回頭才驚覺一路走了那麼遠，走得那麼崎嶇。

「你幫她化解過那麼多宗孽債，卻遺下了自己的一樁。」解神不帶惡意的嘲弄：「當司書真不夠稱職。」

「那是當然。我是有債的人，本來就不適合留在這裏。」我理直氣

壯的反駁。尋回前生，我知道這是一個值得快樂的時刻，可是我能做到的就只有盯著算盤上那列名為喜悅的算珠。

在前生，她對我的心意視而不見。我苦等一生，釀成了她身上的孽債。舉債之人留在零和空間，而她卻獨自前往人間不斷投胎。她的若即若離，沒造就我的無憑無記。因為我的執著，讓她轉世十多遍以來命途多舛，嚐盡各種苦楚。「孽償」為之讓欠債人經歷一遍同等的痛苦。以這宗債務而言，早就還清了。

解神曾經說過不是所有的債都能計算，但世間上的債都因人而起。自然，能因人而解。

被我們丟在一旁的洋蠋只剩下約半公分。她早已經無法靠意識站立，乏力跌坐在地。我看著她軟趴的軀體，怕一碰就成了灰燼，宛如大觀園池畔的幾近枯萎的芙蓉花。

解神將目光交付於我：「在席又初拋下如意結前，我曾和他說過一句話。」

「你要明白你的執著，不僅困住了自己。還困住你所執著之人。」

「所以能夠救贖程子悠和你的人，都只有你。」

解神說，她身上的孽債源自我的執念。所以化解的方法亦在

我身上。

可是，現在的我根本就記不起有多忿恨這人，又怎可能由衷地原諒她。

剛才被他翻找的泥濘還是一片狼藉，他再挖深一點就掏出了一個只有手心大小的香囊。熟悉的氣味襲來，我隨即望向金牛。他馬上就意識到我所憂心之事，我們兩人面面相覷，好不心虛。

這是回憶草。

零和空間的前首長竟然在辦公地方私藏這種違禁品，還要一藏就是幾百年。閻羅見狀也看不下去，氣沖沖地命速報司和他一同離去。解神對此毫不在意，眼角也不瞟一下。他走近我，再次撥起我額前的碎髮。

「這包回憶草，是從這裏提煉而成。」說罷，他指向那道記憶的足跡。

解神的手理應沒有溫度，那麼我額前的灼熱必定是來自疤痕，或即將歸回原位的前生記憶。

「用法，」他往空中揮一揮手，就召來了一顆流螢：「不用我多教吧。」

我在眾目睽睽當下點上了回憶草，煙霧濃烈起來，海洋的氣息越發凌厲。這次聽海濤被化成浪花的聲音，我好像明白了為甚麼自己老是夢到海洋。那是我臨死前，最後聽到的訊號。或許我一個人就能哭出一片三途川。

　　跳海前，席又初對著海夜話至幾近天明。波起濤湧，一浪疊過一浪。經過多少風浪和時日，大海仍然如昔。他深信兩人看過的這片海，會替他活著的。曾經有無數次，他以為願望可以成真。每當他想要走近一步，她卻像雷達一樣偵破他的想法，然後比他更早的退後一步。

　　無數個晚上他輾轉反側，看著那片黴菌好比夜空的天花，像夢話一樣混沌地重複一遍她說過的話。他會花上好幾個晚上去分析她的一個微笑，好像破解了就能讀懂這個人。哪怕是句末一個饒有意味的尾音，還是在句前不經意加上他的名字，在夜裏都一一發酵成遠至天邊的遐想。

　　最殘忍不過是，他以為的親暱其實只是一份熟悉。

　　吸下回憶草，前生的事就像缺堤一樣蜂擁而至。作為司書，我總會沉溺於不知是否屬於自身的回憶。原來這也是有跡可尋。就如前生的我，也甘願蜷縮於最甜蜜一晚的回憶當中。

　　那是他十九歲生日的一晚，亦是最接近夢境的一次現實。那天

他以開玩笑的腔調掩飾，説今年的願望就是牽一下她的手。就此，她拉著他沿著家裏外面的灘岸，跑了足足一條海平線。

十九歲的他首遍那麼強烈的渴望，大海是真的沒有盡頭。

那天，他以為希望終於都要變成奇蹟。他把這夜的一切牢牢記住。她的一顰一笑，一言一行。

在晚上沉溺於過去的醋甜，來到早上才有承受殘酷的能耐。每次她施予冷待，他都跳回那一晚的回憶之中。合上眼睛，築起同一個夢境。哄騙自己，那一晚的她才是她。

原來我，才是真正的回憶縛靈。

在一生中不停受傷的人沒有越來越強悍，而是越來越脆弱。一不小心，就墜進回憶的隧道之中。如同隔世橋上的千紙鶴羽毛，一走就得走到盡頭。畢竟一生人能堅持到底的事，才沒多少件。

「你的算盤在身上嗎？」解神突然問道。

雖不知用意為何，但我還是從襟懷掏了出來。解神接過後，「啪」的一聲就將其折斷。算珠像雨點一樣哇啦哇啦的墜地。然而木珠一跌就摔破，成了當初的白煙。煙雲似是有意識的，竄回我微張的雙唇之中。

心臟不像皮膚，傷過之處不會結痂。不會因而變得強大，拳頭般的大小就能承受十多輩子的傷害，神經仍然敏感，不減痛覺。

　　回過神來，解神手中就多了一小撮灰色的枯草。

　　它同樣是藏在無常花之下，又故意不和香囊的枯草混在一起。回憶草本是棕色的，但因為那是屬於十幾生以前的事，那一小撮藏在沙土之下都被風乾成暗灰色。然而功效卻一點也不假。

　　「這撮回憶草很少，只有一晚的回憶。」解神這樣說，但那一晚，正是席又初十九歲生日的一晚。我生前沉溺、苦苦抱著不放的希望，原來只是她心血來潮施捨的溫柔。她給予纏綿沒有成本，我卻獨自付上了一生來掛念。

　　「現在，你要這一晚的回憶，」他左手手心是那撮灰色的回憶草，曾經是我在很久以前最珍而重之的回憶。

　　說罷，又舉起右手的如意結：「還是，想要轉生？」

解

　　姻緣債、兒女債、命債，所有債務都得由活著之人結下。任何感情論到最深，造成傷害在所難免。

　　痛是人類最深刻的一種觸覺。

　　覺得痛就對了。活得夠深刻，來世才有重遇的資格。

　　大觀園那麼大，我的轉世沒有遇上那個為我繡鴛鴦的她，也沒有遇上和我結下金麒麟情緣的她，還有一同埋下夫妻蕙的那個她。這些所謂的信物留在人間，我們離開時都帶不走。偏偏，只有你在我身上留下執念。

　　輪迴旋處多波折，唯獨你想到以孽債為引。因恨而生的這種信物才能敵過輪迴轉世。

　　有拖有欠，幾百年來我們才不致會走散。

　　「所以，我也要感謝你對我的虧欠。」我望向程子悠，明知她聽不見才敢說出口。被欠也好，欠人也好。我想回到那個蘊含千愁萬緒的地方。

　　聽到這裏，解神又是一陣大笑：「緣償在於，償還虧欠過的事物。席又初生前最在意的，是白無念親手賜予然後又將其粉碎的希望。拒絕投胎，因為他覺得轉生亦是一種希望。」

解神先是一頓，難得綻放一個不瘋不癲的笑容：「可是剛才，你明確表示了想要轉生的願望。」

他指著躺在一旁的程子悠。她從雲門來時綁著髮髻，直至踏入孽債府的時候猶是。但現在她卻披著一頭長髮，柔順地在她臉頰旁散開，有如盛開的芙蓉花。

解神走到旁邊蹲下，青絲之中撿起一條紅色的髮帶。

我把目光轉至放在高台的洋燭，亦不再燃燒。餘下的蠟不多，熄火後隨即乾涸起來，剛好夠凝住燭芯。

「你的債務終於被化解。」他輕拍程子悠的肩膀，本來閉合的雙眸惺忪地睜開。

解神重新走上屬於城隍坐的高台，清清喉嚨，向她宣讀結果：「經司書獵戶座判定，你在來世毋須償還任何債務。」

「現在，批准你走過隔世橋轉世。」

程子悠醒來以後，看起來已精神得多。我和她在高台之下並肩而立，目光又不慎連在一起。頓時臉頰一陣灼熱，我才意識到要將視線移開。

「好了，」解神看我們窘迫看得眉開眼笑，遂往銀盤拋下兩個如意結：「獵戶座、程子悠，拿著如意結，前往輪迴旋處吧。」

「只是聽好了，我不會為你們作出任何設定。」解神隨即又擺出架子：「而你們身上亦已經沒有孽債作牽引。在來世會否遇見，全憑你們在投胎時隨機抽到的命運。」

聽到命運二字，我按捺不住去多望她一眼。從那一雙明眸，我看到了很多人。光是認著這一雙眼，我不需要靈魂編號也必定會找到。我為她幼細的手腕綁上如意結。這次不像護送文千愛般只望著她遠去，我會一直相伴她走過深不見底的海門，經過輪盤的分派轉世至人間。這是我在幾百年來首次覺得，走上隔世橋原來也可以抱著那麼多期望。

「所以我們，」程子悠看著手上紅繩，我好像比平日要繫得緊：「在人間都互相虧欠過。」

一時之間我不知道該說點甚麼。她在人間輾轉多生，作為顧氏或程氏的她被很多人喜歡過，也喜歡過很多人。可是自我和她在島國相遇，除了她就沒喜歡上任何人。她對我尚能不痛不癢，我心裏卻是十分忐忑，只能勉強擠出一句個腼腆的微笑。

我在她眼中再沒見到她的那些前生，而是首次見到自己。

「慢著。」

　　聲線來自青銅門外。雖然是來自女性，卻不失一份叫人懾服的威嚴。

「轉生可以，」最駭人的是，原來這種說話的腔調也不完全陌生：「但只有這個女的可以走。」

　　青銅門前站了兩人。一是年輕俊秀的閻羅，旁邊就是聲線的主人。我認得她。儘管我們只在幾百年前有過一面之緣。

「我以失記食堂首長之名動議，反對司書獵戶座轉世。」

笑

　　孟婆看起來還不夠三十歲，但陰壽比在場的所有人加起來應該都要長。這股莫名的氣場讓人不敢輕易靠近。作為失記食堂的首長，她和孟姑娘一樣都穿上東洋的傳統和服，端莊得體。最特別的是她整張臉都厚厚地塗上白色顏料，將一切細紋和毛孔都蓋掉。兩彎短促的柳眉覆上一層暗紅，嘴唇以赤紅點綴。

　　我本以為她在微笑，後來才發現她的嘴角只是定在同一個弧度。無時無刻，分毫不差。

　　有小道消息說孟婆的前生正是來自東洋的名藝妓，從小就接受刻苦的訓練去取悅客人。即使是自身的感情亦要時刻抑制，一個笑容一個舉動也講究。她不在追求美，而在追求完美。藝妓的生涯只到三十歲，她早就考慮到自己也終將和其他人一樣年華老去，便選擇在二十九之齡，以最完美的樣子帶著最尊貴的身份離開。

　　她以最具尊嚴亦最痛苦的方法自盡，便是切腹。用女身來體現武士道精神的行為，來到零和空間備受景仰，她就此負責在失記食堂讓死者忘卻前生。在人間活過的人，好比一碗百味交雜的湯藥。走過食堂，大家都不過是一杯清水。無色無味，不含雜質便是她在零和空間實現的完美。

　　雖在室內，她卻一手撐著油紙傘，一手提著花布袋。黑漆木履在溫室的地面上咯咯作響，她再開腔：「那個不肯轉世的死者，竟然藏回孽債府。」她以長長的振袖佯作掩嘴，但我幾乎可以肯定

那抹弧度根本沒變：「好叫人意想不到呢。」

「當初你召開首長會議，說服其餘首長一致通過將我調離孽債府。」解神又釋出一聲冷笑，但面對孟婆他顯然沒應對閻羅那麼悠然：「我也意想不到。」

　　孟婆早已過青年少艾之年，但藝妓服露出她的延頸秀項，更顯風姿綽約。她不像其餘首長一樣穿金戴銀，雲雲鬢髮中僅有一朵無常花步釵。

「我們相識那麼多年，客套話就沒意思了。」她在溫室來回踱步，就連把她帶來的閻羅也不敢亂動半分：「總之當時被你包疵的死者，今天也斷然不能轉世。」

「那我倒不明白了。你不是最講究規矩的人嗎？」解神不屑反問。當時他被處分的原因正是他違反零和空間規條，容許有債之人不作轉世。今天這人表示希望轉世，她又偏要阻撓。

「不管我是否同意，但自他入職一刻起就是侍者。」孟婆眯眯眼的笑著說：「作為侍者就得守侍者的規條。親手拋下如意結的人，是永遠永遠都得留在零和空間的。」

「我相信在座的各位，都清楚不過。」她見房間寂靜就不忘補充：「我們在零和空間待了這麼久，當然也有想要回到人間的時候。可

是這種矛盾正是我們選擇留下的代價。所以我們樂於接受，也樂於受這種代價所磨折。」

「現在竟然有人說來便來，說走便走。」說到這裏，她把目光遠遠地拋向我：「零和空間何時變成一個自出自入的地方了。」孟婆說話的時候，嘴巴還能保持著那線弧度。縱然沒有親睹，但想必她在說服其他首長處分解神時，也是用上這些華麗的說話。只是今天，她用上同樣的方法來阻止我轉世。

「既然你拒絕讓獵戶座轉世，」解神靈機一觸，拿起桌上的十數張批文：「這個女生無緣無債，也可以選擇成為侍者留下來吧？」

孟婆彷彿早就料到他有此一著，不假思索便答：「零和空間規定侍者必須無緣無債，原因是他們在世時沒虧欠過別人。」顯然程子悠不屬於這種人。

「孽債就該在人間化解，是你硬要用些旁門左道。」孟婆的聲音越發不耐煩。不讓我投胎轉世，也不讓程子悠留在零和空間。她斷然不肯作出半點讓步。

「解神，上次褫奪你首長之位，調派到藏書閣已經是我最大的讓步。」孟婆雙眼的眼梢都暈上彎月狀的暗紅，本來的嫵媚在此刻卻殺意盈盈：「這次你再干犯零和空間規條，就必須革退。」

解神⋯⋯要被革退？

革退的意思是，他不再隸屬零和空間任何一個部門。不當侍者的死者再也不能獲得龍蜒草，假以時日就會變成回憶縛靈。從人間來到孽債府，我的前生因為執著而堅決不肯轉世。這幾百年來，我不被前事所困擾，雖然偶然對空白的過去感到空洞，亦可算是無憂無慮，但這份執著的另一面卻讓白無念生生世世受孽債折磨，也令解神不能再留在孽債府，被調遣到荒蕪之地。

執著是我一個人的決定，但牽涉的遠遠不止我一人。

我一直深信，人間是修羅級般的難混。父母債、情債、義債、兒女債等等太多的修煉。每遇上一個人，就有機會被他所傷。儘管這個道理淺白如此，人類卻堅持以群居動物自居。

以債之名，我們才可在來世重遇對方。

經過一生的歷練，人類的靈魂在每次轉世後都變得更堅強。當日解神將我的批文藏到無常花的泥濘之下，並在離任前命城隍爺好好照料。若干年後的今天，批文和我的前生都得以重見天日。如果我仍會為那一點過去而執著，這幾百年在零和空間的修煉就沒意思了。

我將解神給予我的如意結，親手交予孟婆：「我會留在零和

空間。」

也許她心裏也對我的妥協感到意外，但一張白臉掛上不變的弧度，就能輕易掩飾一切情感。她含蓄地點頭，接過我的如意結。

「但我要求，送她到輪迴旋處。」我直接向她道出我的請求。雖然語氣堅決至此，已經更是通知多於請示。聽畢，她用眼色把身後的孟姑娘召來。看到和服上的櫻花，我便記得在失記食堂見過這名孟姑娘。她識趣地接過孟婆的油紙傘。孟婆還是保持一貫的笑臉，赤紅的小嘴吐出一句：「我不反對。」她打開手中的花布袋，裏面是一隻瓷製茶碗。

她雙手捧住茶碗，將它順時鐘方向的轉個一百八十度，正面朝著程子悠。

「請用。」離開失記食堂，亦沒忘掉禮節。

解神見狀又揶揄她：「失記食堂現在包辦外送了嗎？」

孟婆不甘被貶損：「此舉是生怕你們耍甚麼花樣，才想儘快讓死者投胎。」有時候也佩服她，嘴裏無論說著客氣話還是惡話都能保持嘴角的弧線。不知幾千年來強行封閉自己的感情，對比短時間的切腹之痛，到底哪樣比較難受。無論答案為何，這個女子把兩者都經歷過了。

失記食堂的茶湯會讓死者忘記在人間發生的一切，而零和空間的記憶卻會紋風不動地留在死者腦中，直至走過海門投胎，在母體的十個月內由羊水稀釋。

「既然已經喝過湯，就可以直接送到輪迴旋處吧。」孟婆待她剛下嚥就毫不留情地催促：「你知道拖延死者投胎，對她沒益。」

「我知道。」說罷，我便和她一同步出青銅門，把沒完沒了的爭論留在城隍爺的溫室。零和空間的規條和情愁對程子悠來說都很陌生。她沒搞清楚狀況，也不敢發問半句，只得隨著我走到孽債府外。

孟婆說得對，要投胎之人就該儘快動身前往人間。既然她不屬於這裏，強行把她留在身邊多一會也不過是沉溺。更何況，這生的程子悠和十多世以前的白無念都一樣。

她們認識我，卻不喜歡我。

「所以，」她按捺不住好奇，趁只有我們兩人時才詢問：「現在去哪呢？」

位於千紙鶴山頂，抬頭就是滿天星斗。今晚的星宿座無虛席，看來是個投胎的好時辰。我著自己抖擻精神，吹起一隻千紙鶴。

「我們，騎蘑菇去。」我一舉躍上了千紙鶴。正想拉她上來，卻驟覺我竟然捉不牢她的手。

　　具體來說，我是穿過了她化成煙霧的手心。

　　孽債化解後沒再侵害靈魂。雖然已經沒有了認知錯覺的徵狀，可是靈魂才剛痊癒，這副軀體濟留在零和空間太久，始終會有負面影響。我讓千紙鶴加緊拍翼，全速前往輪迴旋處。這生，她不能再被我的執念所害了。

　　我們乘在永不倒退的千紙鶴上，彷彿可以駕馭時光。如果我是知更，是否撥停指針就能將此刻留住。

生

　　天文鐘極其浩瀚，這座建築每分每秒都在提醒我們時間之大，生死之小。甫來到我就覺得不妥。輪迴旋處一向人山人海，每次來到知更都在忙著管理秩序，現在通往人間的海門前竟然只站了一個人。

　　那人不是準備轉生的死者，也不是鎮守的知更。

　　「獵戶座是吧？」說話的人文質彬彬，穿著西洋風格的毛呢格子外套：「孟婆讓我確保這位小姐的轉世順利。」話畢，又向手中的金箔懷錶呵一口氣，細細揩擦。

　　白兔先生說得好聽，實際不過是孟婆怕我會違反諾言，偷偷跟著程子悠轉世。

　　「有勞輪迴旋處的首長來監督，孟婆做事可真勞師動眾。」意想不到的是，零和空間諸多部門的首長都被她一一拉攏過來。

　　「我不為孟婆辦事，只為零和空間辦事。」白兔先生沒說，但想必也奉行孟婆那套力臻完美的精神：「再不走的話，就遲到了。」

　　解神為席又初和白無念的前生而動容，破格讓我留下來。然而孟婆不能理解這種情緒，所以才會覺得解神所做之事極其荒誕。說到底其實孟婆沒錯，也不是惡人。她只是，沒愛過人。

身後又傳來千紙鶴拍翼的摺紙聲，頻繁得叫耳朵發癢。這次一降落就是三隻，看得在旁輪候投胎的死者嘖嘖稱奇。鶴上的三人正是解神、金牛和天兔。對於他們的出現我完全摸不著頭腦，特別是天兔。

他看出了我的疑惑，在我發問之前就解說：「多虧春分來屏風找我，我才知道原來你牽涉在這麼一件大事當中。」

但我始終不明白，他們為甚麼要隨我來到這邊。

金牛率先開腔：「要是你想隨她投胎的話，你一個人應該敵不過這些知更吧。」

解神望向海門前的白兔先生，和他交換了一個充滿敵意的眼神：「那傢伙也是相當難纏。」

「可是，」在他們面前，我也沒有撒謊的必要：「我已經決定了留下來。」

「你……還可以多考慮一會。」解神說著，將那一撮灰色的回憶草塞到我襟袋之中。這段回憶是我和她最親密的一遍。他此舉是想要提醒我，在十多輩子以前我有多放不下這個人。

望向離我們稍遠的海門。白兔先生不停將懷錶的蓋打開又合

上，好歹也重複上數百遍。這種小動作煩厭得好比天兔撥弄算珠。至於程子悠的雙手已經變回實體，牢牢捉住了如意結。

「解神你說，從她多世的名字就得知，她多次投胎後那顆『心』仍然如昔。」他點點頭，不明白我想說甚麼。

我說，我是因為這個提示而不再執著。

以往席又初很在意，為甚麼白無念不喜歡自己。看過她那麼多次轉生我就知道，因為她從頭到尾的心都如一。不喜歡的仍舊不喜歡。我緊緊執著，手心之中亦未必有物。

我走向佇立於海門前的程子悠。旁邊的白兔先生還是沒放下過懷錶，緊緊盯著我們。

「我——」她剛開口，我就插嘴打斷了未完成的句子。

「我有話想說，」叫停她後，我才敢將語速放緩：「不過不是和你，是你大前生的司徒寧。」

她一臉不解，對這個自己毫無印象。若然你能想起，也必定十分自豪。

「你的大前生在隔世橋前給我留了一道考題，」我說：「所以，我

來遞交答案了。」

　　司徒寧曾經想我作為侍者來回答她，甚麼是生。

　　生命其實有很多式樣。在零和空間，有些人沒有心跳和脈搏都能拾回生的感覺；而有些人留在人間，沒欠別人也不被人所欠，他們其實沒有生。《十誡詩》說過「最好不相伴，便可不相欠」。可是我認為，沒有相欠的這種相伴其實沒有意思。

　　生存最好不過是，可以找到一個樂於被她虧欠的人。

　　程子悠忘卻了生前的事，也記不起作為司徒氏或文氏的前生。對著我，只好腼腆地點頭。

「請別介意，答應了別人的事我很執著要完成。」虧欠也有很多式樣。欠了她一個答案，也是欠。

　　程子悠深深呼吸，視線卻久久不肯抬高：「雖然我沒有很明白你們剛才說的話，但我作為那個……白無念的前生，好像令你很傷心。」

「所以，很抱歉。」說到這句，她才敢看我一眼。

「沒關係的。」心要裂開，才能容得下一個人。

所以在世間喜歡人才會那麼痛苦。把一個人留在心中，就等把自己的心掏開。我作的孽還要她來還，抱歉的人是我才對。

　　「所以，」她問我：「你要一個人留在這邊？」

　　「沒關係的。你每活完一生，我都會透過菲林底片去看你。」我可以看到你初生的喜悅，感受你畢業時的興奮，分擔你遇上困難的徬徨。你人生中每一個重要的時刻，我都不會錯過。

　　「所以，」她思考時會皺眉，想通了甚麼反而破蹙為笑。「欸，這樣我們豈不是有足足一輩子的時差嗎？」

　　活得比你慢才好。在你忘記的時候，我才能繼續記住。

　　「現批准你轉世，在人間重新找一個值得虧欠的人。選得謹慎點，在來生你們可是要再見的。」

　　聽見此話，她報我一個微笑就回頭。白無念的一個微笑，可以叫席又初費煞思量好幾天。作為獵戶座，我可是一下子就讀懂程子悠的回眸一笑。

　　「有我在看顧的往生，必定快樂。」

　　海門關上，白兔先生沒瞧解神一眼，卻在經過的時候低喃一

句：「這個死者的債，該在十多輩子前就還清。」

　　他又重新打開了懷錶的蓋面，貌似能把時針的抖動看上一整天：「你害她遲大到了。」

　　解神蔑視一笑，卻把目光投向我：「她在這輩子還債，我説是來得剛剛好。」

　　白兔先生被氣得面紅耳赤，明明欲離去又折返通往人間的海門。對時間執著的人，還是比較適合人間。我好奇問解神，當年是不是因為這件事而得罪了所有首長，無一例外。所以現在任誰見到他都一副難看的嘴臉。

　　説起當年他總是笑逐顏開。這段過去他從來沒覺不堪回首，反而每每提起都津津樂道。他説當時風聲流出，幾個首長相繼前往孽債府質問他。他覺得沒有隱瞞的必要，然而坦然承認，卻沒有得到其他人的理解，孟婆更積極動議要討論處分。零和空間所有部門的首長都聚首一堂，那情境多壯觀。

「當時，反對作出處分只有兩票。」解神説難得這兩人和他一樣，喪失七情六慾還能理解席又初作為凡人的痛苦。

「……是誰？」我、金牛和天兔三人幾乎是異口同聲。

解神這一笑很是窩心：「牽牛星和織女星。」

「我們掛牌去吧，還抽不抽回憶草？」天兔見氣氛沉鬱，興高采烈地提議：「解神也一起來啊？」

「不要啦。你不是知道嗎，好不容易我才學懂不要沉——」我正欲拍打天兔的後腦，舉手時才發現自己的手沒了顏色。手臂以下的，都是一團隱約能看出手部形狀的煙霧。

「你多久沒服龍蜒草了？」金牛嚴厲地問。剛被天兔緩和的氣氛又凝重起來。

天兔焦急得用力捉住我的肩膀，生怕我下刻就被吹散：「我們在不久之前才一起去領，你沒有立刻服用嗎？」

然而煙霧要散卻，肉身又怎會留得住。和天兔領完後我就一直擱在一邊，正想服用之時就碰巧遇到文千愛早逝而沒法還債一案：「當時以為會很快就辦妥，怎知道原來自己才是一切的因。」

金牛像突然想起甚麼，連忙問：「你有帶著嗎？」

我笑著搖頭，越來越輕飄飄的感覺原來還挺夢幻。一向嬉皮笑臉的天兔也認真起來，一個箭步就騎上了千紙鶴，說要去我的屏風裏找。

「那株龍蜒草不在啦。」我望向遠方緊閉的海門，他們便已心知不妙：「我給她了。」

　　我們先前在孽債府外，她的手就像我現在這樣變成煙霧。還好我把龍蜒草帶在身上，要不然她也撐不過來輪迴旋處。

「解神你有辦法嗎？」金牛向他投以求救的眼神，畢竟他在昔日也是金牛最敬重的首長：「比如說，求福利署的人通融一下，或用溪錢去收購別人的龍蜒草？」

　　以為看破一切的解神此刻也笑意盡失，說出事實就該用淡然的語氣。

　　龍蜒草珍貴在於產量少，每名侍者都只能在限期前領取一株，不多也不少。限期經過計算，剛好夠我們在喪失意識、變成回憶縛靈前，服用就能續命。侍者一旦賣出自己的龍蜒草，在下一次領取日前無疑就會變成回憶縛靈。

「你不是知道她不喜歡你嗎？」解神以近乎責備的語氣問我，更指著我襟袋露出那一小撮灰色的回憶草。這段無疑是席又初最珍貴的回憶。但可笑在於，那一晚的白無念都沒有喜歡他。

「我覺得，其實我們的力量很小。」

我看著漸漸成霧的雙手。到了此刻我才頓悟，原來自己從來都捉不緊甚麼。

「我無法讓她喜歡我，也無法讓自己不喜歡她。」

　　這種，可算是擇善固執嗎？

　　不過單靠喜歡，最多只能走過一生。來到零和空間，始終敵不過失記食堂的一口湯。可是孽債的奧妙在於不能被忘記，不能被刪除，只有化解這一種方法。

　　說不定我們早就洞悉零和空間這種規律，才想出這樣一道主意。說好了在這幾輩子間互相拖欠，把孽債沒完沒了的延續下去。

　　即使記不起，即使帶恨，至少能一直相伴。

　　這刻看他們三人的眼神都很有趣。也許是我的意識開始被蒸發，所以也不懂得擔心。解神一如既往的看破，眼中淡然；金牛知道零和空間規條的不可逆，一臉錐心；天兔思想簡單，還在拚命想著可以怎樣憑人脈去換株龍蜒草回來。

「在浪花客棧時，燈神給過我三個願望。」我以無比真摯的目光望著他們，只因我再沒有時間作假。

解神被我逗笑了，説：「那傢伙騙你的。到你需要他時，他肯定不出現。」

我輕輕搖頭，化成煙霧的頭顱輕了不少：「他説我只要誠心誠意向所託之人請求，就必定會成真。」然而，我覺得這話一點都不假。

第一個願望，要給解神。

「我想你回去孽債府，代替我當上獵戶座。」

司徒寧説過，獵戶座是夜空中最亮的一個星座。

第二個願望，要給金牛和天兔。

「我想你們在我變成回憶縛靈後，將我打散。」

回憶縛靈沒有意識，會漫無目的地攻擊他人。作為侍者見到，必定要將其消滅。打散我的時候不要猶豫，拖泥帶水的餞別不好看。

第三個願望，就留給自己了。

回憶縛靈都是被困在同一段回憶之中，最後失去理智。具體

來說，就是帶著意識地不斷重複著一件事。如果那件事是哀傷的，當中的痛苦只會放大至讓人發狂。即使那件事屬美好回憶，當死者意識到自己永遠只能困在這幾十分鐘的時空中不斷循環，這種美滿也終會發酵成無止境的痛苦。

回憶縛靈並不是零和空間專屬的。我相信每人都有這樣一段回憶，寧願被困也快樂。不小心沉溺其中，就變成了人間的回憶縛靈。

趁還有點時間，我想選擇自己被困在哪段回憶之中。

最後一個願望，就點起那撮灰色的回憶草。

願世間所有互相虧欠之人，轉世後都能再見。

零和以外　燈

燈

獵戶消失後，天兔去了一趟浪花客棧。

燈神見又有司書來訪，不禁為之愕然。天兔一開始就表明來意，求燈神給他一個願望。

年中不少死者侍者前來覲見，都是帶著一份絕望來求一個願望。燈神早就司空見慣。他不急著打掃，叫天兔說說看。

「我希望獵戶座從來沒有債。」

燈神略略一想，似是在考慮甚麼。儘管解神早就說過燈神給的願望都是騙人的，天兔自知機會渺茫，還是決定一試。

「這個願望，我幫你實現了。」

天兔一下子愣住，沒想過燈神居然如此爽快就答應。

「那、那他是不是就會回來……」

燈神在唇邊豎起食指，尾指還夾著白毛巾的一角。他輕輕一擦天兔袍上的灰垢，從他一進門就覺得渾身不自在。

「你的願望，我在平行時空幫你實現了。」

溫室的煙霧好像比往日還要濃，推開青銅門也覺特別沉。大概因為之前都是我遇上問題，來向城隍爺稟報。這次，卻他是主動來召見我的。

其實我深知煙霧和門都沒有變。只是對於沒有七情六慾的我們，恐懼和擔憂都只能透過身邊的事物呈現。

這裏一如既往地煙霧瀰漫，城隍爺的身影就在高台上若隱若現。就如從黃泉大道仰望，孽債府長年都被一股迷霧籠罩，更顯得不真實。

「獵戶，」城隍爺面目模糊，但亦不減威嚴：「你當司書幾年了？」

這道問題來得奇怪。眾所周知，零和空間並沒有時間。因為時間是屬於人間的東西，於我們而言一點意義都沒有。

作為部下我不好質疑他，只好如實作答：「我不知道。」

聽見這話，城隍爺那端靜默下來。他這才慢慢從煙霧中步出，走下高台，和我只有咫尺之遙。我在原地一動也不敢動，眼角瞟到他在打量我的整個人。從頭到腳，目光最後落在我手中的算盤上。

「你這副算盤，都很舊了。」

　　他這話來得突然，我不知該怎樣反應。司書在入職時要抵押自己的七情六慾，柳木算盤就是由情慾轉化而來。

　　雖然對時間沒有一個概念，但我在葦債府也有一些時日，它變得殘舊也屬正常。他故意把我找來，不似光是想談這副算盤。

　　我仍舊沒答話。他在我的身旁繞了幾圈，看似自得其樂。直至我被盯得不太自在，他又開腔。

「東西舊了呀，就要換新的。你說是嗎？」

　　這聽起來好像很合常理。可是我們無慾無求，不會追求情感上的需要，更不會在意物質的新舊。況且，算盤由我們的七情六慾組成。

　　情感，又哪有新舊之分。

「你記得自己為甚麼會留下來嗎？」

　　說到這裏，我突然明白他把我叫來的用意。大概是我在職也有一段時間，他想知道我有否忘掉初衷。畢竟反覆的工作會使人磨滅意志，就如大多數生者在人間道覺得厭倦才來到此地。

拋下如意結的原因，我還是記得一清二楚。

事實上每次為死者調製還償配方，這個想法總會在心頭湧現。

當時我說，我不想再在人間過著可有可無的生活。只為了自己而活，很累人。要是我知有人在隔世橋的別端等我還債，我想我過橋會過得灑脫一點。

我不記得自己在人間道的日子。但當上司書後，我曾經遇過一個同是無緣無償的死者。那時，我偷看過他的備份錄像。一生父母緣薄，十八歲就離家自立。找了一份沉悶的工作，每天過著螻蟻一樣的生活。這種人雖然活著，靈魂卻和被吞噬的沒兩樣。

沒有歡樂，也沒有悲傷。世間沒有任何一個人或事能牽動他的情緒。

最後他留下來了。我把他送到隔世橋，親眼看他拋下如意結。

他以絕望的眼神告訴我，那邊的世界不屬於我們這種人。

「幹活不苦，白活才是最苦的。」他說一個人，太折磨。

當時，他問過我一道問題。「人間很大，明明充滿無限可能。為甚麼就容不下我一個？」為何那些人虧欠父母、出賣朋友、拋棄

情人，卻被人深深記住，甚至在來生還要等他們還債。而他自己不是壞人，也沒作惡。一生人，到底在哪裏出錯了。

也許無緣無債的人，就是錯在一輩子也沒有錯。

我說就怪人間誤以為這個世界存在好人和壞人，走過善惡門就知道答案。零和空間不分好壞，人只有「有債」和「無債」之分。

後來我也沒在別的部門見過他。也對，零和空間那麼大，沒緣沒債豈會輕易遇上。只知道很久以前，我也走過和他一樣的路。

從回憶抽離，我將答案呈交。

「所以我想留在零和空間，成為司書至少能為別人的來世造成一點不同。」

至少我是抱著這種想法，一直在屏風後不停竭的工作。為死者找出他們欠下的債務，也為他們在來世找回欠債的人。聽起來也挺有意義。

見過再多債務才發現，葬原來是最深的一種緣。

「你這樣想，就錯了。」

　　錯這個字使我心頭一顫，他明明說過死後空間是沒有對錯，只有因果。

「人的來生都是因果使然。」城隍爺轉過身，在空蕩蕩的溫室踱步，腳步聲來得特別凋零：「你所作的設定都只是根據死者種下的因來調製。你根本沒為別人的來世造成影響。」

　　的確。前生不結下這樣的因，今生又怎會落得這樣的果。我們的工作某程度上只是負責維持有欠有還的秩序，以免失衡。

「你，你們所有侍者都一樣。」這句話聽起來特別混濁，城隍爺背對著我，似是在自說自話。「死者是死者，但你們侍者，都是死物罷了。」

　　從溫室的落地玻璃放眼望去，外面就是一望無際的星空。山腳以下的地方燈火通明，像螻蟻一樣爬動的就是侍者。不分晝夜運作的零和空間就是一片浮華盛世，景致盡收眼底。

「那邊，」他從黑袍伸出右手，指向最東邊某處：「那裏就是輪迴旋處。」

　　我對輪迴旋處的認知不多。僅知死者會在那裏投胎，剛死之人也從那邊回來報到。唯有在該處，生和死的距離才會前所未有地接近。

城隍爺清清喉嚨才繼續說話，似乎先前的閑談都是鋪墊。

「投胎轉世其實一點都不簡單。」我只能看見城隍爺的背影，他好像嘆了一口氣。

我沒答話，只待他說下去。

「輪迴旋處送這麼多死者轉世，需要極大的能源才能運行。」

「能源？」

天文鐘的秒針從不停竭。不多不少，一次只跳一格。雖然零和空間的天空不分日夜，但時間其實一直都在。只是與我們無干。

城隍爺所指的能源，大概是把死者送往人間的能量，好讓他們以一個新的軀體、新的樣貌、新的思想轉世。光是想像也不容易，需要能源支撐運作也不足為奇。

「你知道能源從哪來嗎？」他又問，仍然沒轉過身看我。

直覺告訴我不可能是太陽能或潮汐能這些答案。我憑自己在零和空間的經驗推測，供人轉世的能源原理該和千紙鶴差不多。

「或者，是母親對胎兒的祈願？」千紙鶴承載著病人親屬的祝福，

才得以跟隨病者來到零和空間。我想在輪迴旋處那端也是同樣。

人類不像我們，他們有情。而在零和空間只有我們侍者，最匱乏的就是感情。

所以來到這邊，一笑一淚都罕貴。

城隍爺搖頭，示意我的答案不對。我在後方待他揭曉，方驚覺自己正被一股不安的氣氛渲染。

「那些能源，都是司書的靈魂喔。」

司書的靈魂？

那是，指我嗎？

城隍爺這才別過臉，一副笑臉向我。滿臉的皺紋擠出一個過分燦爛的笑容，整個畫面異常詭譎。

「雖然很殘忍，」城隍爺再度走近我，又把我重新打量一遍：「但這副軀體，並不屬於你。」

不屬於我？雖然我們記不起在人間的事，但自有記憶以來，我一直都是這個模樣生活。這個身體，又怎可能不屬於我。

「這副軀體，屬於很久很久以前的獵戶座。」他把手搭到我的肩背上，極其細膩的撫摸著，就似是驗收一件易碎易爛的貨品：「來到現在，我想你是第八手或第九手借用它的人吧。」

　　我⋯⋯借用了這副軀體？

　　他要確保這副軀體毫髮無傷，才能讓下一個無緣無債的靈魂借用。

「你說，孽債府最大的原則是甚麼。」

　　驚悚透徹心扉，但反射神經還是替我作答：「⋯⋯欠債必還。」

　　他輕聲說好，似是很滿意。

「有借，就要還囉？」

　　城隍爺輕笑一聲，想必覺得自己這話很有道理。心底太多疑問，我不能也不敢在他面前宣諸於口。

　　誰知，他正要將另一個更可怕的事實告訴我。

「事實上，你的記憶也是別人的。」

　　侍者的記憶依附在軀體中。當不同的靈魂借用這副軀體時，記憶便會層層疊疊的延續下去。

　　他説，這就等同人間時常流傳的「複製人」傳説。他們會製作一個和本尊一模一樣的人體，賦予它意識就能取代原本的人。而我，就是首任獵戶座的複製人。

　　我以為自己從事司書已久，好像已經處理過成千上萬宗的債務，其實大多都是這副軀體的上幾任靈魂經歷過。我只是繼承了他們的記憶，把它續寫下去罷了。

　　這一切都不合理。

　　我來到零和空間，決定不再轉世。在隔世橋前拋下如意結，入職儀式過後加入孽債府，成為八十八星座之一的獵戶座。

　　我的故事，一直都是這樣説。

　　「在你們拋下如意結的一刻，其實就失去意識了。花點功夫讓你的靈魂與軀殼脱離後，我們隨即就把你的軀體丟掉。這也不能怪我們。反正你們都是無債之人，沒人會惦念，軀體丟掉也不可惜吧。」

　　他的意思是，我原本的軀體早已不存在。打從我一進入孽債府，已經是借用他人的軀體來生存。

「租，自然是有時限的。」時限一到，就將新的靈魂換到這副軀體。「至於舊的靈魂，就是時候拿去回收，轉化成供死者轉世的能源了。」他又望向輪迴旋處的天文鐘，生和死從來不輕易。

「是有點殘忍吧，」他一盯我的算盤：「但幸好的是，反正你們又不會傷心。」

接著，他用結繭的指尖挑起象徵憂傷的一顆算珠。萬千愁緒，為何算盤可以將它們呈現得那麼輕，人卻不能。

他拍拍我的肩膀：「所以你到現在，已經功成身退啦。」

沒有七情六慾，所以我們從不悲傷，也不氣憤。只是在這刻，我才發現自己好像丟失了點甚麼。

「甚麼啦，別裝出一副可憐相。」城隍爺見我不說話也不反應，顯得有點不耐煩。

「你的朋友天兔座他呀，早陣子才被換了啊。」他一副蔑視的嘴臉說，似是想要連我嘗試傷感的權利都剝削：「你也不是不察覺嗎。」

不僅是他，不僅是我。我們每一個都被換過很多很多次了。

「不用自責，不察覺也正常。」城隍爺這話不是揶揄，原因真實才

叫人不寒而慄。「因為你們，每一個都是一樣的嘛。」

「這樣不公平。」我的聲音在空蕩蕩的溫室，迴繞得有點突兀。「為甚麼要犧牲我們的靈魂去供死者轉世？你說零和空間不分善惡，眾生平等。這樣不就是等同判定了侍者的靈魂比死者的更低等──」

城隍爺又輕笑一聲，讓我的問題顯得好像一點意義都沒有。

「因為，你們沒有與人結下孽債的能耐。」

人類獨一無二，因為他們的債務只有他們一人可以還。在世間並沒有其他人可以化解這種孽緣。這個結，只有他們可以解。

因此他們必須要轉世，重遇那個被欠的人再向他還償。可是侍者不同，沒緣沒債的靈魂都缺乏獨特性。零和空間的工作任誰都可以辦到，由這種人去擔當最適合不過。

「你知道嗎，因果孽緣是一個很大的體制。我欠了她，她又偏偏虧欠另一個他。每個人環環緊扣，化解舊債再結下新債，人間道就是這樣一回事。可是你們是被排除在這個體制外的人。在因果主宰的人間道當中，你們並不存在。」

人類必須靠債務去證明自己存在的價值。

「存在」是你在活完一生後，回頭一看，發現一路走來原來不只得你一人。你不只在自己的生命中出現，也在別人的人生中留下過存在的痕跡。

試將每個人的人生都想像成一條直線，大多死者的線與其他線條縱橫交錯。緊緊纏繞的線，就是結。

而我們侍者的線卻一直自顧自的往前走，直至終點還是那麼簡潔俐落，所以落幕還是那麼落寞。

人的存在是需要被證明的。大多死者確實存在過。批文的名字、在浪花客棧等待的相關人士等等，所作之孽就是生前活過的有力證明。

但我們說自己活過，都不過是片面之詞。

存在價值說得那麼大，其實不過就是這個世界會因為你的消失而有一點點的不同。或者會有人因為你的消失，而覺得缺了點不能言喻的甚麼。

然而我們被換完又換，這個世界仍然如一。這種就是「不存在」。

零和空間把我騙了這麼久，我理應不再相信城隍爺所說的話。

可是既然他選擇和我坦白這一切，那就證明我已經失去被瞞騙的價值。

「由始至終，你們騙無債的人去當侍者都是一個局。你們只是需要能源去運……」

「不對。」他說得輕鬆，仿如置身事外：「你別忘記，你們當初也能選擇轉世。或者你也可以像金伯一樣打破無緣無債的缺口，找到一個值得虧欠的人。」

「可是你們怕失望，怕再次落單的感覺。不願再去人間嘗試尋找那個會和自己結下孽債的人。」

他說，這些不敢去虧欠的靈魂都是一式一樣的。人間道不需要，零和空間也只貪圖它的能源。

侍者的靈魂被回收後，會被切割得七零八落。丟進天文鐘中心，就能成為助人轉世的能源。城隍爺說這種使命聽起來，至少我們還能有一點「價值」。

聽說因拒絕還債而被吞噬的靈魂，最後也會變成天上的煙雲，與自己、和眾人的前生融為一體。

要是追溯到始源，或會駭然發現我們本來都是同體。據說靈

魂和白雲形狀相近，是因為造物者將極其龐大的白雲一瓣一瓣的撕下，放到人間經歷各種洗禮就成了靈魂。每個人的存在都是由經歷定義的。

那我懂城隍爺的意思了。

人生在世，有欠有還才算活著。所以在還債體制的定義下，我們並沒存在過。

「總之，一路以來辛苦了。」他以機械式的腔調說。這話說了出口比起不說還更敷衍。

說罷，一隻冰冷的手掌出其不意地放在我額頭上。暈眩、疼痛、麻痺、無感，然後閃過了很多片段。

不過這些到底是屬於我，還是上幾任靈魂的片段，我也不得而知。他說得對，我們這些沒債之人，都是一個樣的。

反正是白紙，哪一張都無妨。

然而，沒有遭受孽障洗禮的我們最後或者也會回歸白雲的狀態。頭上一片天可能就是這樣形成。

要是你在人間看到我們，請想起那些讓你得以存在的人。

司書依然忙碌的打著算盤，死者輪候的人龍仍然不見末端。外面一切都沒有變。隔不了多久就會有死者在孽債府撒野，不肯過隔世橋投胎。

要是生者知道有孽債府這個地方，相信一切都有因，自然能接受一切的果；知道有前生為引，或來生作續，或者就不會對人間的人或事戀戀不捨。

一生的時間有限，很多人只夠我們擦肩而過。

即使沒能至死不渝，但總有些人，我們會至死不忘。要結下這種程度的孽緣，方有在來生重遇的資格。

還債體制、因果連繫都定當永恆不變。

獵戶座離開溫室時，城隍爺不忘叮囑他要關門。雖然青銅門緊緊閉上，但門縫還是竄出了一絲白煙，好像正要往東邊飄。

孽債府萬載千秋的煙霧瀰漫，都是有因的。

後記

這個故事很難寫。

關於死後世界的故事不勝枚舉，當中更不乏出色之作。當初我也很糾結，到底要不要碰這個已經被寫過很多遍，而且佳作門檻被設得很高的題材。最後因為有話想透過這個故事說，所以還是戰戰兢兢的起筆，也一把汗的寫完了。

誠然，在寫這個故事的時候對自己多了很多質疑。質疑文筆退步了、質疑這種世界觀太複雜、質疑情節不夠吸引，很多很多的不安。說穿了就是在擔心這個故事沒法讓人喜歡。我不能說這是我的創作瓶頸，因為寫作路從來就不輕鬆。

很幸運在去年年初遇到出版社的所有人，你們對我筆下故事的信任甚至比我還要多。要不是你們的無限支持和照顧，這個故事根本不可能寫成。其後要感謝所有被我打擾過的朋友。靈感往往來自生活，或者你們在看的時候會駭然發現，我們聊天談及的句子被我擅自挪用了，寫成書中的對白。最後是一直素未謀面，卻選擇了拿起這本書的你。無論你是在討論區追看連載的，還是在網上留意到的，抑或是透過實體書來認識這個故事的也好。謝謝這兩個字被說得很濫，所以我換個說法好了。作者這個身份一直都是由看的人帶給寫的人。這個身份得來不易，我會一直好好珍惜的。

　　這個故事説因果，説結怨，也説結緣。有些人來到我們生命當中，看似就是為了作出虧欠。這個可能是因，也可能是果。要不是我們前生有負於他，他今生就不會來討債；不然就是，他在來生自然會償還給我們。

　　這種關係詭譎在於，我們永遠無法得知這些虧欠是因還是果。既然同是設定，這些執著都沒意思。這個故事想説的是，債是最深的一種緣。即使怨恨，欠債人都與我們緣分匪淺。

　　莫名的固執使我一向有點抗拒雙結局，為此故意加插了天兔和燈神的對話。真正的結局其實還是只有一個。至於是哪一個，就取決於讀者是否選擇相信燈神。然而獵戶座的下場看似相似，途中風景卻截然不同。如他所言，傷春悲秋其實都迷人。回想我們一路走來，都是在尋找答案的路上找到了更多問題。跌跌宕宕，才撞出了我們一張張不同的模樣。

　　後記是在整理好正文後匆匆寫成的。希望他朝回想我也會詫異，現在的自己是怎樣在與畢業論文斡旋之際寫出了一個世界。和講述生死的芸芸故事相比，它算不上出色。但作為我踏出社會前寫的最後一部作品，要是能讓看的人帶走甚麼，就算不失禮。

願世間所有互相虧欠之人，

轉世後都能再見。

點子網上書店
www.ideapublication.com

含忍・死人・
的士佬

壹獄壹世界

援交妹自白

殘忍的偷戀

殘忍的雙戀

成為外星少女
的導遊

成為作家其實唔難

港L完

信姐急救

西謊極落

公屋仔

十八歲留學日記

西營盤

棒舌的藝術

新聞女郎

黑色社會

香港人自作業

精神病人空白日記

婚姻介紹所

賺錢買維他奶

獨居的我，最近
發現家裡還有別人

五個小孩的校長
電影小說

點五步 電影小說

有得揀你揀唔揀

This is Lilian

This is Lilian too

This is Lilian, Free

空少睇七易

爆炸頭的世界

設計 Secret

● 《天黑莫回頭》系列

● 《診所低能奇觀》系列

● 《詭異日常事件》系列

● 《倫敦金》系列

● 《Deep Web File》系列

● 《絕》系列

當世四大天王：
黎郭劉張（上）

圖書館借來的　　銀行小妹
魔法書　　　　　甩轆日記

HiHi 喇好地地　　我的你的紅的
一個人點知……

向西聞記　　　　無眠書

殺戮天國　　　　遺憾修正萬事屋

孽債府

WE MET FOR OUR SINS

作者	理想很遠
責任編輯	陳婉婷
書籍校對	陳珈悠
美術設計	郭海敏
製作	點子出版
出版	點子出版
地址	荃灣海盛路 11 號 One MidTown 13 樓 20 室
查詢	info@idea-publication.com
印刷	海洋印務有限公司
地址	黃竹坑道 40 號貴寶工業大廈 7 樓 A 室
查詢	2819 5112
發行	泛華發行代理有限公司
地址	將軍澳工業邨駿昌街 7 號 2 樓
查詢	gccd@singtaonewscorp.com
出版日期	2023 年 6 月 30 日 (第三版)
國際書碼	978-988-78489-5-0
定價	$88

點子出版
IDEA PUBLICATION

孽債府

WE MET FOR OUR SINS

彼岸隔世
切勿回頭